W0266289

HANNAH MOSKOWITZ
& KAT HELGESON

OKAY, LEUTE, KRIEGT EUCH WIEDER EIN

DIE AUTORINNEN

Foto: @ Chronicle Press

Hannah Moskowitz lebt in New York und hat bereits mehrere Kinder- und Jugendbücher veröffentlicht. Zu ihren Lieblings-Serienfiguren zählen Sam Winchester (SUPERNATURAL), Sirius Black (HARRY POTTER), Callie Torres (GREY'S ANATOMY) und Shawn Hunter (DAS LEBEN UND ICH).

Foto: @ Jeff Gasikowski

Kat Helgeson lebt in Chicago und arbeitet als freie Autorin und Lektorin. Zu ihren Lieblings-Serienfiguren gehören Castiel (SUPERNATURAL), Luke Skywalker (STAR WARS), Kara »Starbuck« Thrace (BATTLESTAR GALACTIC) und Ron Weasley (HARRY POTTER).

FÜR DEN ECHTEN JAKE
UND DEN ECHTEN TYLER

Erster Teil

GENA

_EvenIfs Blog

Ich schaue jede Menge *Up Below* und schreibe viel Fanfic und drücke regelmäßig Heroin. Eins davon stimmt nicht. Ich kann einen krassen französischen Zopf.

5. JAN Soll das ein Witz sein …?

Okay, was, *zur Hölle*, sollte diese Folge?

Mir ist schon klar, dass mich so ein Schwachsinn nach drei Staffeln nicht mehr überraschen sollte, aber … aaahhh, nach einer Sendepause WIE DIESER und einem Cliffhanger WIE DIESEM habe ich gedacht, dass wir vielleicht, nur VIELLEICHT, eine Art emotionale Auflösung zu sehen bekommen. Mal ganz abgesehen davon, dass man nicht GANZE ZWEI TAGE bewusstlos sein kann und dann in der nächsten Folge aufwacht wie neugeboren. So funktioniert das nicht mit der Medizin, liebe Serie. Was, zum Teufel, geben sie Ty und Jake in dieser blöden Serie, und woher kriege ich eine Dosis davon während der Abschlussprüfungen?

Aber mal ganz im Ernst, es ist frustrierend. Ich meine, ich bin froh, dass sie Sarahbelle gerettet haben, versteht mich nicht falsch, aber *damit haben wir ja ohnehin schon gerechnet.* Erinnert ihr euch an die letzte Staffel, in der sie tatsächlich noch geredet haben, anstatt einfach irgendetwas abzufackeln? Ich gerate an einen Punkt, an dem mir die Fanfiction besser gefällt als die eigentliche Serie, und das ist ziemlich verwirrend, und ich weiß wirklich nicht, was ich davon halten soll. Aber was ich im Moment mit Sicherheit denke, ist, WER, BITTE SCHÖN, SCHREIBT EINE NEUE VERSION DER LETZTEN FOLGE, UND WER WIRD MIR AUF DER STELLE DEN LINK DAZU SCHICKEN?

eve

10 Kommentare

Kommentar schreiben

DanniRice

Äh, du?

SwingLowMySweet

Ich habe gehört, dass Tumbledown sich daran versucht. Aber ehrlich mal, sooo abgrundtief schlecht fand ich es gar nicht?! Ich weiß nicht, aber irgendwie bin ich damit wohl die Einzige.

MioMy

oh mein gott, echt mal, warum schreibst du einen beitrag ohne fic, ich krieg gleich einen herzkasper, ich AKTUALISIERE DEINE SEITE SCHON DEN GANZEN TAG, DU BLÖDES WEIBSSTÜCK

Tylergirl93

bitte schreib ihn, bitte, bitte, bitte. MEHR TYLER

> **_EvenIf**
>
> Ich mag dich, aber wie oft soll ich dir noch sagen, dass du den falschen Blog anpinkelst? Komm in meine Arme, Jake, usw. usf.
>
> > **Tylergirl93**
> >
> > tyler ist heißer

Tumbledown

Nein, ich habe keine Zeit, dein Part. Bitte?

> **_EvenIf**
>
> Ha! Viel Zeit zum Lesen, aber keine zum Schreiben.
>
> > **Tumbledown**
> >
> > WENIGER CHATTEN, MEHR SCHREIBEN

_EvenIf

Schon gut, schon gut, schon gut, Leute, ich mach's ja.

SMS-Chat mit John C.

genaaaa

was

komm heeeeeer

es ist ein stinknormaler
dienstag, stell den wodka weg

SMS-Chat mit Alanah J.

kommst du mit?

wohin?

ein typ aus smithfield
hat ein auto, mrs doubtfire
ist neben der tür schon
eingepennt

ja, mein wohnheim
hat nicht so ein glück

zieh deine killerabsätze an

es ist dienstag. killerabsätze
gibt's nur am wochenende

dann borg mir wenigstens
deinen lippenstift

okay, komm rüber. du musst
dich durch den südeingang
hereinschleichen

bin ich blöd, oder was?
was machst du eigentlich
heute abend

einen aufsatz schreiben

ja, klar

echt, was glaubst du denn,
womit ich mir die zeit vertreibe

john

igitt, da schreibe ich
doch lieber einen aufsatz.

Von: Sharon McLesky <smclesky@stoneyhall.edu>
An: Genevieve Goldman <ggoldman@stoneyhall.edu>
Datum: Dienstag, 6. Januar 16:03
Betreff: Vive la France!
Liebe Genevieve,

ich habe mir den Entwurf Ihres Aufsatzes über die Französische Revolution angesehen. (Und danke, dass Sie ihn pünktlich eingereicht haben! Ich weiß, wie ungern Sie Ihre Arbeiten in einem so frühen Stadium zeigen, und ich hatte gehofft, dass es Ihnen hilft, wenn ich einen Entwurf vorab verlange.) Und obwohl ich finde, dass Sie vor guten Ideen nur so übersprudeln (wie man früher so sagte!), sehe ich Defizite in Ihrer Argumentationsführung. In Anbetracht Ihrer letzten Eins minus möchte ich mich vergewissern, dass Sie die Zügel nicht schleifen lassen. Ein College kann die Zulassung auch jederzeit zurücknehmen, wissen Sie! Bitte kommen Sie in mein Büro, sobald es Ihnen möglich ist.
Viele Grüße,
Mrs Sharon McKlesky

Von: Genevieve Goldman <ggoldman@stoneyhall.edu>
An: Sharon McLesky <smclesky@stoneyhall.edu>
Datum: Dienstag, 6. Januar 16:32
Betreff: Re: Vive la France!

Hallo Mrs McKlesky,
vielen Dank für Ihre rasche Antwort! Heute Abend und morgen bin ich mit Aufgaben aus einem meiner anderen Fächer beschäftigt, daher werde ich mich erst am Donnerstag Ihrem Aufsatz wieder voll zuwenden können. Da ich meine Zeit einteilen muss, will ich dafür sorgen, dass ich mich dem Aufsatz in Ruhe widmen kann!

> Deshalb glaube ich nicht, dass es mir etwas bringt, meine Gedanken zu diesem Thema jetzt schon auszubreiten. Wenn es Ihnen also recht ist, würde ich momentan gern allein weitermachen. Ich werde Ihre E-Mail als Erinnerung speichern, der Argumentationsführung im nächsten Entwurf Priorität einzuräumen. Vielen Dank und bis morgen zum Unterricht!
> Danke nochmals,
> Genevieve Goldman

VON: GENEVIEVE GOLDMAN <GGOLDMAN@STONEYHALL.EDU>
AN: SHARON MCLESKY <SMCLESKY@STONEYHALL.EDU>
DATUM: *KEINES. GESPEICHERT IN ENTWÜRFE.*
BETREFF: RE: VIVE LA FRANCE!

> Wissen Sie was, McClesky:
> Es ist Dienstag. Das ist der Tag nach meinem Heiligen Serienabend. Also lassen Sie mich bloß in Ruhe.
> Gena

_EVENIFS BLOG

Ich schaue jede Menge *Up Below* und schreibe viel Fanfic und drücke regelmäßig Heroin. Eins davon stimmt nicht. Ich kann einen krassen französischen Zopf.

16. JAN

Der schönste Reigen entknotet nicht das Wirrwarr aus Zweigen

Autorin: _EvenIf

Wörter: 411

Zusammenfassung: Nach dem Brand am Tawley Place braucht Jake etwas Zeit, um sich zu erholen. Tyler kocht Suppe. Ein Haufen Blödsinn wird geredet. Passiert zwischen der elften und zwölften Folge der dritten Staffel.

Paarbildung: keine

Disclaimer: Ich habe keinerlei Rechte. Ich bin eine der unheimlichen Gestalten aus dem Internet, bringt eure Kinder in Sicherheit, etc. pp.
Anmerkung der Autorin: Ich habe diese Zeilen anstelle eines Aufsatzes über die Französische Revolution geschrieben, daher entschuldige ich mich, falls sich unbeabsichtigt Anklänge an Umstürze oder katholische Unruhen eingeschlichen haben. Vergebt meiner Schule, denn sie weiß nicht, was sie tut.

Was Tyler mittlerweile wissen sollte, ist, wie gut Knochen Wärme speichern.

Doch das vergisst er immer wieder. Als ob er davon überzeugt wäre, nichts lernen zu müssen. Jedes Mal benimmt er sich so, als wäre es nun aber das allerletzte Mal, als müsste er seinen dämlichen Handlanger Jake nie wieder in angekokeltem, lädiertem Zustand retten, wenn ein Auftrag mal wieder in die Hose gegangen ist. Und alles, was dem kleinen Aas Jake einfällt, ist: »Wir haben Sarah, wir haben Sarah.« Als ob das etwas an der Tatsache ändern würde, dass er an jeder Stelle, an der sein T-Shirt nicht an der Haut klebt, von Blasen übersät ist.

Aber Tyler zwingt sich, Ruhe zu bewahren, denn das ist ja *sein* Part (er weiß genau, was er tun muss, wenn so etwas passiert, denn es passiert ja *jedes beschissene Mal*), und flüstert, »stimmt, Kumpel, du hast es geschafft«, während er die Kappe von einer Tube Salbe abschraubt und seine Hände aneinanderreibt, um sie aufzuwärmen.

»Sie ist davongekommen, oder? Wir haben sie doch?«

»Wir haben sie. Und das ist der letzte beschissene Auftrag, den wir für Evanson übernehmen, ja? Und das meine ich diesmal ernst. Wenn er glaubt, er könne uns auf eine Rettungsmission für *Clara* schicken ...«

»Ach, erwähne ihren Namen nicht, mir wird gleich speiübel.«

»Das liegt daran, dass deine Haut halb in Fetzen hängt.«

»So krass.«

»Komm, steh auf ...« Er legt Jake eine Hand auf den Rücken, spürt, wie sich dessen Haut dabei mit dem T-Shirt ablöst, lehnt ihn sich behutsam gegen die Schulter und reibt ihm die Salbe auf den Arm. Ein Schluchzer bleibt Jake in der Kehle stecken und Tyler zieht Jake an sich.

»Du hast es geschafft, Junge«, sagt Tyler. »Du bist ein Held.«

Jake schließt die Augen und atmet aus, als würde das reichen, als hätte diese abgedroschene Phrase seine verbrannte Haut, seine geschundene Kehle und die beschissene Welt ein bisschen besser gemacht, und manchmal genügt das Tyler, um einen Tag zu überstehen, aber in diesem Moment ist Jakes bescheuerter Optimismus nur ein weiteres Anzeichen dafür, wie übel ihnen das Leben mitgespielt hat. Wer hat Jake bloß auf den Gedanken gebracht, es gebe Anlass zu *Optimismus*?

Alles, was Tyler tun kann, ist die Füße stillzuhalten und nicht auf etwas einzuschlagen, und dann muss der Junge natürlich auch noch im Schlaf leise vor sich hinbrabbeln und sich mit seinen versengten Fingern an Tylers Ärmel festkrallen.

Menschenskind.

Das ist der Scheiß, der einen weichkocht.

Zumindest für heute.

24 Kommentare

Kommentar schreiben

MioMy

oh mein gotttttt, genau, was ich gebraucht habe. wenn du dich so in tylers kopf hineinversetzt ... ach, da fehlen mir einfach die worte, ich kann eben nicht schreiben. lolol

_EvenIf

Ach, halt den Mund. Mir gefallen deine Posts. Danke!!

CalmMyLightsaber

Allerliebst. Das war toll.

_EvenIf

Hey, ich habe seit Ewigkeiten nichts mehr von dir gehört!! Gut zu wissen, dass es dich noch gibt!

CalmMyLightsaber

Ich weiß. Hier ist die Kacke am DAMPFEN. Wollen wir mal simsen?

_EvenIf

Ja, bitte!

Tumbledown

Das Warten hat sich gelohnt. (Ich bin eine Stümperin und du bist unglaublich.)

_EvenIf

Du bist auch toll. Das nächste Mal bist du dran ;)

Tylergirl93

omggggg, tyler, mein baby

_EvenIf

schön, dass es dir gefallen hat!

Thatsmykid

Ich bin VERRÜCKT nach den beiden.

_EvenIf

wem sagst du das!!

TinyDancer5

schreibst du auch eigene sachen?

_EvenIf

manchmal, meistens gedichte

TinyDancer5

schön :)

_EvenIf

<3

Neah

ich klink mich mal ein – würdest du deine gedichte auch mal posten?

_EvenIf

großer gott, nein

JandT
verträgst du konstruktive kritik?

_EvenIf
Immer her damit. Was gibt's?

JandT
ich fände es schöner, wenn sie in deiner fic nicht so viel fluchen würden. ich meine, in der serie reden sie ja auch nicht so.

_EvenIf
danke! ich lasse es mir durch den kopf gehen :) und ich versuche, beim nächsten mal an einen warnhinweis zu denken.

rupologize
natürlich reden sie in der serie nicht so, dumpfbacke. läuft ja nicht im kabelfernsehen.

_EvenIf
na, na, wer wird denn gleich ...

FINN

7. Januar

Okay, Leute, kriegt euch wieder ein.

Ich versteh's ja. Ich habe die Folge gesehen. Und ich bin auch nicht gerade begeistert. Ich meine, als wir die Jungs das letzte Mal gesehen haben, haben die Flammen um sie herum lichterloh gebrannt, und das Haus ist über ihnen eingestürzt, *und wir haben nicht gewusst, ob sie es herausschaffen würden, oh wie schrecklich*, abgesehen davon, dass wir das natürlich ganz genau gewusst haben. Welche Serie schaut ihr denn? Sie schaffen es doch immer. Darum geht es ja auch gar nicht. Es geht um die Szene direkt danach, die wir nicht gesehen haben, in der sie gemerkt haben, dass sie heil davonkommen und sich nach ihrem Streit wieder versöhnt haben. Das hätte ich auch zu gern gesehen, Leute.

Und nein, es ist unglaubwürdig, dass Jake bewusstlos hinter einer brennenden Kommode gelegen und zwei Tage später nicht den kleinsten Kratzer hat. Es fehlt ein Stück und jeder weiß das.

Aber das ist unsere Serie. Es ist die Serie, an der wir hängen, und sie jedes Mal wie Hyänen in der Luft zu zerreißen, sobald die Serienschreiber sich etwas ausdenken, was uns nicht passt, ist doch doof. Gefällt uns diese Serie nun oder nicht?

Und können wir bitte mal über das Gute reden? Die Enthüllung über Evanson hat einen doch umgehauen, oder? Hat IRGENDJEMAND damit gerechnet? Und außerdem (und ich schwöre, dass ich keine 14 bin) war Jakes Frisur diese Woche nicht supersüß?

Ich will wieder mit dem Zeichnen anfangen, also poste ich vielleicht in dieser Woche noch ein Bild. Ich weiß allerdings noch nicht, was ich zeichnen soll. Was irgendwie immer das Problem ist. Vorschläge?

Wie dem auch sei, hier sind die Fanfic-Empfehlungen der Woche:
Nur eine Staffel – evanson_much
Feuersbrunst – Tylergirl93

Sendepause – (Das ist total albern, aber ich hab mich vor Lachen nicht mehr eingekriegt.) – l8gr8

>>>>terry-the-hedgehog hat diesen Beitrag von finnblueline rebloggt
>>>>mmmZack hat diesen Beitrag von finnblueline rebloggt
>>>>Tylergirl93 hat diesen Beitrag rebloggt und geschrieben: danke für die empfehlung!
>>>>DanniRice hat diesen Beitrag von mmmZack rebloggt und geschrieben: Liest du _EvenIfs Blog? Großartiger Fanfic-Fix hier.
>>>>slotohes hat diesen Beitrag von DanniRice rebloggt
>>>>popstotheweasel hat diesen Beitrag von Tylergirl93 rebloggt und geschrieben: BITTE ZEICHNUNG POSTEN!

Von: Standford University Personalabteilung <staffingservice@stanford.edu>
An: Finn Bartlett <finn.a.bartlett@gmail.com>
Datum: Mittwoch, 7. Januar 12:33
Betreff: Vielen Dank für Ihre Bewerbung

> Sehr geehrte Ms Bartlett,
> vielen Dank für Ihr Interesse an der Stelle als Verwaltungsassistentin im Studentensekretariat. Nach sorgfältiger Prüfung haben wir uns für eine andere Bewerberin entschieden, die unserem Anforderungsprofil besser entspricht. Wir bedanken uns für Ihre Bewerbung und wünschen Ihnen alles Gute für die Zukunft.

Von: Dana Westchester <danawestchester@duffpeterson.com>
An: Finn Bartlett <finn.a.bartlett@gmail.com>
Datum: Freitag, 9. Januar 08:02
Betreff: Ihr Lebenslauf

> Stephanie Bartlett,
> vielen Dank für die Zusendung Ihres Lebenslaufs an Duff & Peterson. Im Moment haben wir keinen Einstiegsjob für Korrektoren zu besetzen, aber wir werden Ihre Bewerbung in unserem Datenpool ablegen und Ihnen mitteilen, wenn sich Bedarf ergibt.

Von: Evergreen Zeitarbeit <hiringservices@evergreen.com>
An: Finn Bartlett <finn.a.bartlett@gmail.com>
Datum: Montag, 12. Januar 15:41
Betreff: IZ11285
An: Ms Bartlett:

> Vielen Dank für Ihr Interesse an der Stellenausschreibung #IZ11285. Nach sorgfältiger Prüfung müssen wir Ihre Bewerbung leider ablehnen. Nochmals vielen Dank für Ihre Bemühungen.

SMS-Chat mit Charlie

hast du angerufen?

ja. soll ich mir neue graphitstifte kaufen?

kosten?

10 $

für stifte?

gute stifte

hast du schon einen job?

nein, MUTTI

na, dann …

8. Jan., 15:31

streich das letzte. café hat gerade angerufen und job angeboten! bring champagner mit!

Von: Finn Bartlett <finn.a.bartlett@gmail.com>
An: Joan Bartlett <joanbartlett4472@gmail.com>; Paul Bartlett <gohawkeyesfan@hotmail.com>
Datum: *Keines. Gespeichert in Entwürfe.*
Betreff: California Girl!

Liebe Eltern,

gute Nachrichten an der Jobfront – ich habe einen! Ich verziere den Kaffee von Leuten, die glamouröser sind als ich, mit Milchschaum und Toppings! Das habe ich nicht studiert – das hat niemand studiert –, aber es bezahlt die Rechnungen.

Das ist eine Lüge. Es reicht hinten und vorn nicht, um die Rechnungen zu bezahlen. Auch wenn wir uns die Miete von Charlies altem Rattenloch teilen. Ich würde sogar meinen Computer für eine schöne Wohnung verkaufen, aber die scheint es in Nordkalifornien nicht zu geben (und ehrlich gesagt, würde ich natürlich auch meinen Computer nicht verkaufen).

Gestern bin ich jedenfalls an den Strand gefahren, um mal zu sehen, ob der wirklich so toll ist. Mensch, *kein* Vergleich zu den Ufern des Lake Michigan! Das hört sich dumm an, aber das Meer ist *riesig*. (Ich weiß, an mir ist eine Dichterin verloren gegangen. Ich vergeude mein Talent als Barista.) Ich habe dagestanden und mich gefühlt, als würde ich vom Rand der Welt fallen. Aber in einem positiven Sinn, falls ihr wisst, was ich meine.

Morgen werden Charlie und ich

SMS-Chat mit Mom

hast du schon einen job? streichst du die segel und kommst heim?

bin bei charlie eingezogen. beginne am montag mit der arbeit.

PRIVATNACHRICHT AN _EVENIF

Meine Güte.

Ich habe gerade deine letzte Fanfic gelesen. Wohnst du in meinem Kopf? Falls ja, bleib ruhig dort. Das war genau das, was mir an der letzten *Up-Below*-Folge gefehlt hat. Danke, danke, danke …

Das ist mir jetzt megapeinlich, aber ich zeichne hin und wieder (was bedeutet, dass ich vor vier Jahren gezeichnet habe und mittlerweile total aus der Übung bin). Dieses Bild ist mir zu deiner Fanfic eingefallen. Das SOLL der Teil sein, wo Jake schließlich an Tyler gelehnt einschläft, aber es wirkt eher wie ein Alienpärchen.

Die Selbstironie kommt nicht so gut rüber, wie ich gedacht habe.

Ich habe in deinem Blog gesehen, dass du auch noch ganz viele andere Beiträge geschrieben hast. Deine Fans sind irgendwie … hardcore. Dann musst du wohl ziemlich gut sein. Bestimmt, nach dieser kleinen Skizze zu urteilen. Ich will unbedingt mehr von dir lesen, aber das muss erst mal warten, weil ich mitten im Umzug stecke und meinen ganzen Krempel noch auspacken muss.

Okay, genug der seltsamen Worte. Ich hänge das Bild an. Hoffe, es gefällt dir.

Weiter so,
finnblueline

GENA/FINN

Privatnachricht an finnblueline

hi finnblueline,

SHIT, ist das toll. wie, zum teufel, kriegst du die schattierung hin? GOTT, ich wünschte, ich könnte zeichnen. das ist … mensch, hab vielen dank. superschmeichelhaft. ist es okay, wenn ich auf das bild verlinke? schreibst du einen blog, auf den ich ebenfalls verlinken soll? dein konto hier wirkt ziemlich ungenutzt.

doch dein name kommt mir sehr bekannt vor … hast du früher für die *pantheon*-fanwelt geschrieben oder gezeichnet? ich habe mich nicht allzu sehr für *pantheon* interessiert, aber durchaus ein paar beiträge gelesen.

glückwunsch zur neuen wohnung!

eve

Privatnachricht an _EvenIf

ERWISCHT. Ja, ich habe für *Pantheon* gezeichnet. Dort hieß ich finnlines. Das »blue« habe ich hinzugefügt, weil Jake und Ty Gesetzeshüter sind (und Blau eben die Farbe der Polizei ist), und weil ich Jake liebe.

Aber ich habe seither für keine Fanseite mehr gezeichnet, und ich weiß gar nicht, ob das jetzt Angeberei oder ein Geständnis ist. Dieses Zeug ist wie eine Droge. Jedes Mal, wenn ich glaube, den Ausstieg geschafft zu haben …

Natürlich kannst du das Bild auf deinem Blog veröffentlichen. Hier ist der Link. Freut mich, dass es dir gefällt!

Glückwunsch … na, ich weiß nicht, mein Freund hat einen dürftigen Geschmack, was Wohnungen betrifft. Nein, jetzt im Ernst, danke.

Privatnachricht an finnblueline

oh ja, jake … meine liebe zu ihm kennt keine grenzen. es ist so peinlich. meine freundinnen schwärmen für den neuen austauschschüler, und ich sage nur, WIE WÄRE ES MIT DEM HERUNTERGEKOMMENEN TV-COP. ich liebe ihn. auch wenn er ein alter mann ist.

ich ziehe im august um und kann es kaum erwarten, deshalb bin ich wahrscheinlich selbst auf deine dürftige bleibe neidisch.

wie dem auch sein, danke nochmals!! ich veröffentliche heute den link.

eve

PRIVATNACHRICHT AN _EVENIF

Oh Mann, wie alt bist du?

PRIVATNACHRICHT AN FINNBLUELINE

achtzehn. und wirklich achtzehn, ehrlich, keine internetachtzehn.

eve

PRIVATNACHRICHT AN _EVENIF

Okay. Okay. Sorry, ich wollte nicht gleich hyperventilieren. Achtzehn ist in Ordnung. Du hast Jake als alt bezeichnet, und da habe ich gedacht, du wärst vielleicht erst dreizehn. Obwohl du WIRKLICH gut für eine Dreizehnjährige schreibst …

Na ja, du schreibst auch für eine Achtzehnjährige wirklich gut. Das ist eigentlich keine Frage des Alters. Du schreibst gut für einen Menschen.

Ich kann SUPERGUT Komplimente machen.

Du ziehst im August um, wahrscheinlich gehst du aufs College?

PRIVATNACHRICHT AN FINNBLUELINE

yep! ich hab's auf ein trauuuumcollege geschafft. mom und dad wären so stolz. okay, vermutlich sind sie das auch, aber sie sind im taiwanesischen dschungel oder wo auch immer stolz, und das zählt irgendwie nicht. mal ganz im ernst, ich bin schon megaaufgeregt. ich gehe seit zehn jahren in diese schule, und es gefällt mir hier, aber das problem ist, dass ich es gleichzeitig auch hasse.

und jake ist, hm … um die 28? aaaalt. obwohl zack selbst, glaube ich, 26 ist, oder? er spielt immer ältere rollen. hat solche weisen augen.

wie alt bist du denn? ich wette 28, oder?

eve

PRIVATNACHRICHT AN _EVENIF

Na, vielen Dank. Nein. Ich bin 22. Habe gerade meinen Abschluss an einer ganz und gar nicht traumhaften Hochschule gemacht und arbeite nun in einem ganz und gar nicht traumhaften Job. Ich vermisse das College und du wirst es lieben.

OH MEIN GOTT, Zacks Augen. Du bist wahrscheinlich noch zu jung dafür, aber ich bin in ihn verknallt, seit er als kleiner Junge in *Man of the House* mitgespielt hat. Manchmal kann man kaum glauben, dass man denselben Menschen vor sich hat, aber MEINE GÜTE, der Junge hat sich echt gemausert.

PRIVATNACHRICHT AN FINNBLUELINE

ha, ja, ich war noch ziemlich klein, als *man of the house* gelaufen ist.

ist das college wirklich so toll? ich mag nicht so recht daran glauben. mein mega-ablenkungsprojekt in form eines fanfic-blogs würde es ja vielleicht nicht vermuten lassen, aber ich habe mir in den letzten vier jahren den hintern aufgerissen. eigentlich in den letzten acht, denn ich bin auf dem internat an einer privaten highschool, an der man öffentlich gesteinigt wird, wenn man es nicht auf ein spitzencollege schafft.

eve

PRIVATNACHRICHT AN _EVENIF

Du bist eine von diesen Eliteschülerinnen? Gott. Okay. Ich kann nur über Colleges für Normalsterbliche sprechen, aber ja, die sind toll. Es ist wie … erinnerst du dich, als Jake in der zweiten Staffel in Costa Rica festgesessen hat (wenn auch in seiner Form als Überlebenskünstler …) und Tyler nicht einreisen durfte, weil er auf einer Flugverbotsliste gestanden hat, sodass er sich in irgendein System hacken und seine Akte löschen musste?

Nun, so ist das College. Was immer du dich auch in den letzten acht Jahren nicht getraut hast, weil du bist, wer du bist, zählt nicht mehr. Du bist ein unbeschriebenes Blatt und kannst dich neu erfinden.

Und ich gebe dir einen ungebetenen Rat: Probier ALLES aus. Versuch dich an allem, was man dir anbietet, bis du das findest, wofür du wirklich brennst. Und schreib bitte weiter Fanfic, denn ich habe gerade *Verrückte Welt* gelesen, und das hat mich völlig umgehauen.

PRIVATNACHRICHT AN FINNBLUELINE

ach ja?! *verrückte welt* ist auch einer meiner lieblingsbeiträge, wenn ich mich mal selbst loben darf ... ich meine, jetzt mal ehrlich, das finale der zweiten staffel hat mir dazu die steilvorlage geliefert. wo sind nur die »für dich laufe ich bis ans ende der welt«-momente in der dritten staffel, aaaah, ich sterbe.

alles ausprobieren. verstanden. ich werde mich vermutlich für zwei hauptfächer einschreiben, aber es wäre schön, wenn ich zeit fände, nebenbei noch in andere felder einzusteigen. momentan steige ich lediglich in wortgefechte zwischen tyler- und jake-anhängerinnen ein und in die betten von gewissen lacrosse-spielern. lol. zu viele persönliche informationen.

eve

PRIVATNACHRICHT AN _EVENIF

Was, zum Geier, ist Lacrosse?

Oh mein Gott, kennst du Tylergirl93? Ich verlinke in meinem Blog manchmal auf ihre Beiträge, um mehr Beachtung zu finden.
Sie macht mich WAHNSINNIG. Ich glaube, die denkt tatsächlich, die Serie wäre besser, wenn Jake überhaupt nicht mitspielen würde. Was schaut sie denn bitte?!

Mit einem erschreckenden Mangel an Bescheidenheit arbeite ich nun an einer Zeichnung zu *Verrückte Welt*. Sag mir ruhig, dass ich damit aufhören soll, wenn dich das nervt.

PRIVATNACHRICHT AN FINNBLUELINE

oh mann, ganz IM GEGENTEIL. wirst du heute abend noch damit fertig?! ich muss mich gleich hier ausloggen, um mich einem monströsen berg von e-mails zu widmen, mit denen mich besagter lacrosse-spieler bombardiert. aber ich schaue morgen früh gleich als erstes wieder hier rein.

und JA, UND WIE ICH SIE KENNE. wie. ich. sie. kenne. ich könnte dir SCHAUERGESCHICHTEN erzählen, mädchen. (mädchen stimmt doch? der einzige finn, den ich kenne, ist ein junge, aber gibt es überhaupt jungs in der fanwelt? und woran liegt das eigentlich?)

eve

PRIVATNACHRICHT AN _EVENIF

Mädchen. Die Kurzform von Stephanie.

Ich zeichne das Bild für dich bis morgen früh fertig. Erzähl mir ruhig deine Schauergeschichten, das ist nur fair.

Viel Glück mit Monsieur LaCrosse!

PRIVATNACHRICHT AN FINNBLUELINE

ach, danke, ich werde es brauchen.

nacht!!

eve

GENA

Von: Genevieve Goldman <ggoldman@stoneyhall.edu>
An: John Clifford <jclifford@stoneyhall.edu>
Datum: Samstag, 24. Januar 00:12
Betreff: Lass mich in Ruhe

> okay, mal ehrlich, jetzt kommst du mir auch noch mit e-mails? ist das ein »nach wie vielen belästigungsmethoden knickt sie ein«-wettkampf?

Von: John Clifford <jclifford@stoneyhall.edu>
An: Genevieve Goldman <ggoldman@stoneyhall.edu>
Datum: Samstag, 24. Januar 00:52
Betreff: Re: Lass mich in Ruhe

> Aja, wenn du's so scheiße findest, warum antwortest du dann

Von: Genevieve Goldman <ggoldman@stoneyhall.edu>
An: John Clifford <jclifford@stoneyhall.edu>
Datum: Samstag, 24. Januar 00:55
Betreff: Re: Lass mich in Ruhe

> weil ich es satthabe, dass mein telefon schrillt, als wär's wirklich wichtig. verschon mich mit deinen e-mails.

Von: John Clifford <jclifford@stoneyhall.edu>
An: Genevieve Goldman <ggoldman@stoneyhall.edu>
Datum: Samstag, 24. Januar 00:56
Betreff: Versöhnungskuss?

> komm rüber.

Von: Genevieve Goldman <ggoldman@stoneyhall.edu>
An: John Clifford <jclifford@stoneyhall.edu>
Datum: Samstag, 24. Januar 00:59
Betreff: Re: Versöhnungskuss?

> lass das.

Von: John Clifford <jclifford@stoneyhall.edu>
An: Genevieve Goldman <ggoldman@stoneyhall.edu>
Datum: Samstag, 24. Januar 01:05
Betreff: Re: Versöhnungskuss?

> ich mein's ernst, okay? um zu reden. nur reden. wenn du versuchst, dir die klamotten abzustreifen, halte ich mir die augen zu.

Von: Genevieve Goldman <ggoldman@stoneyhall.edu>
An: John Clifford <jclifford@stoneyhall.edu>
Datum: Samstag, 24. Januar 01:06
Betreff: Re: Versöhnungskuss?

> du bist betrunken.

Von: John Clifford <jclifford@stoneyhall.edu>
An: Genevieve Goldman <ggoldman@stoneyhall.edu>
Datum: Samstag, 24. Januar 01:08
Betreff: Re: Versöhnungskuss?

> Nein, Gena. Bin ich nicht.

Von: Genevieve Goldman <ggoldman@stoneyhall.edu>
An: John Clifford <jclifford@stoneyhall.edu>
Datum: Samstag, 24. Januar 01:14
Betreff: Oha

> großschreibung. ernste angelegenheit.

Von: John Clifford <jclifford@stoneyhall.edu>
An: Genevieve Goldman <ggoldman@stoneyhall.edu>
Datum: Samstag, 24. Januar 01:16
Betreff: Re: Oha

> Komm her und wir reden.

Von: Genevieve Goldman <ggoldman@stoneyhall.edu>
An: John Clifford <jclifford@stoneyhall.edu>
Datum: Samstag, 24. Januar 01:19
Betreff: Re: Oha

> das sagst du jedes mal, und dann ist es plötzlich fünf uhr morgens, und ich schleiche mich zurück in mein wohnheim, und mein t-shirt ist verkehrt herum, und mein mund schmeckt nach schande und schalem wodka.

Von: John Clifford <jclifford@stoneyhall.edu>
An: Genevieve Goldman <ggoldman@stoneyhall.edu>
Datum: Samstag, 24. Januar 01:23
Betreff: Re: Oha

> Klingt nach einem deiner Gedichte.

Von: Genevieve Goldman <ggoldman@stoneyhall.edu>
An: John Clifford <jclifford@stoneyhall.edu>
Datum: Samstag, 24. Januar 01:24
Betreff: Re: Oha

> leck mich, tut es nicht.

Von: John Clifford <jclifford@stoneyhall.edu>
An: Genevieve Goldman <ggoldman@stoneyhall.edu>
Datum: Samstag, 24. Januar 01:25
Betreff: Reg dich ab

> Das war als Kompliment gemeint, entspann dich. Ich habe immer noch das Gedicht, das du für mich geschrieben hast.

Von: Genevieve Goldman <ggoldman@stoneyhall.edu>
An: John Clifford <jclifford@stoneyhall.edu>
Datum: Samstag, 24. Januar 01:26
Betreff: Re: Reg dich ab

> Ich habe es nicht für dich geschrieben. Ich habe es geschrieben und dir gegeben.

Von: John Clifford <jclifford@stoneyhall.edu>
An: Genevieve Goldman <ggoldman@stoneyhall.edu>
Datum: Samstag, 24. Januar 01:27
Betreff: Re: Reg dich ab

> Großschreibung. Ernste Angelegenheit.

Von: Genevieve Goldman <ggoldman@stoneyhall.edu>
An: John Clifford <jclifford@stoneyhall.edu>
Datum: Samstag, 24. Januar 01:28
Betreff: Re: Reg dich ab

> was, zur hölle, willst du, john?

Von: John Clifford <jclifford@stoneyhall.edu>
An: Genevieve Goldman <ggoldman@stoneyhall.edu>
Datum: Samstag, 24. Januar 01:36
Betreff: Re: Reg dich ab

> Ich möchte, dass du mir noch ein Gedicht schreibst.

Von: Genevieve Goldman <ggoldman@stoneyhall.edu>
An: John Clifford <jclifford@stoneyhall.edu>
Datum: Samstag, 24. Januar 01:38
Betreff: Ode an John

> john, john
> kannst jetzt geh'n
> danke schön
> auf wiederseh'n

Von: John Clifford <jclifford@stoneyhall.edu>
An: Genevieve Goldman <ggoldman@stoneyhall.edu>
Datum: Samstag, 24. Januar 01:40
Betreff: Re: Ode an John

> keine großschreibung.

Von: Genevieve Goldman <ggoldman@stoneyhall.edu>
An: John Clifford <jclifford@stoneyhall.edu>
Datum: Samstag, 24. Januar 01:41
Betreff: Re: Ode an John

> cummings.

Von: John Clifford <jclifford@stoneyhall.edu>
An: Genevieve Goldman <ggoldman@stoneyhall.edu>
Datum: Samstag, 24. Januar 01:43
Betreff: Re: Ode an John

> was?

Von: Genevieve Goldman <ggoldman@stoneyhall.edu>
An: John Clifford <jclifford@stoneyhall.edu>
Datum: Samstag, 24. Januar 01:44
Betreff: Re: Ode an John

> bedeutet nicht das, was du gern hättest.

Von: John Clifford <jclifford@stoneyhall.edu>
An: Genevieve Goldman <ggoldman@stoneyhall.edu>
Datum: Samstag, 24. Januar 02:14
Betreff: Ich mein's ernst, Gen

> komm einfach her.
> rede mit mir. ich habe darüber nachgedacht, okay? ich habe einen riesenfehler gemacht.

Von: Genevieve Goldman <ggoldman@stoneyhall.edu>
An: John Clifford <jclifford@stoneyhall.edu>
Datum: Samstag, 24. Januar 02:20
Betreff: Re: Ich mein's ernst, Gen

> ja, hast du bereits erwähnt.

Von: John Clifford <jclifford@stoneyhall.edu>
An: Genevieve Goldman <ggoldman@stoneyhall.edu>
Datum: Samstag, 24. Januar 02:28
Betreff: Re: Ich mein's ernst, Gen

> Ich liebe dich immer noch.

Von: Genevieve Goldman <ggoldman@stoneyhall.edu>
An: John Clifford <jclifford@stoneyhall.edu>
Datum: Samstag, 24. Januar 02:31
Betreff: Re: Ich mein's ernst, Gen

> okay

Von: John Clifford <jclifford@stoneyhall.edu>
An: Genevieve Goldman <ggoldman@stoneyhall.edu>
Datum: Samstag, 24. Januar 02:31
Betreff: Re: Ich mein's ernst, Gen

liebst du mich noch?

Von: Genevieve Goldman <ggoldman@stoneyhall.edu>
An: John Clifford <jclifford@stoneyhall.edu>
Datum: Samstag, 24. Januar 02:42
Betreff: Re: Ich mein's ernst, Gen

glaub schon

Von: John Clifford <jclifford@stoneyhall.edu>
An: Genevieve Goldman <ggoldman@stoneyhall.edu>
Datum: Samstag, 24. Januar 02:45
Betreff: Re: Ich mein's ernst, Gen

bist du noch böse?

Von: Genevieve Goldman <ggoldman@stoneyhall.edu>
An: John Clifford <jclifford@stoneyhall.edu>
Datum: Samstag, 24. Januar 02:47
Betreff: Re: Ich mein's ernst, Gen

nicht wirklich

Von: John Clifford <jclifford@stoneyhall.edu>
An: Genevieve Goldman <ggoldman@stoneyhall.edu>
Datum: Samstag, 24. Januar 02:50
Betreff: Re: Ich mein's ernst, Gen

na, dann ... können wir doch wieder zusammen sein?

Von: Genevieve Goldman <ggoldman@stoneyhall.edu>
An: John Clifford <jclifford@stoneyhall.edu>
Datum: Samstag, 24. Januar 03:01
Betreff: Re: Ich mein's ernst, Gen

das ist eine sinnlose unterhaltung.

Von: John Clifford <jclifford@stoneyhall.edu>
An: Genevieve Goldman <ggoldman@stoneyhall.edu>
Datum: Samstag, 24. Januar 03:03
Betreff: Re: Ich mein's ernst, Gen

> dann komm her.

Von: Genevieve Goldman <ggoldman@stoneyhall.edu>
An: John Clifford <jclifford@stoneyhall.edu>
Datum: Samstag, 24. Januar 03:06
Betreff: Re: Ich mein's ernst, Gen

> nö.

GENA/FINN

PRIVATNACHRICHT AN FINNBLUELINE

hi. ich habe mal eine merkwürdige bitte.

PRIVATNACHRICHT AN _EVENIF

Schieß los.

PRIVATNACHRICHT AN FINNBLUELINE

ich habe eine wirklich beschissene nacht hinter mir, kannst du mir ein bild zeichnen von … hm … jake auf einem lama oder so?

PRIVATNACHRICHT AN _EVENIF

Auf einem Lama?!

Na ja, ich glaube schon. Des Menschen Wille ist sein Himmelreich, oder?

Also, hier ist das Bild zu *Verrückte Welt*. Das soll die Szene sein, in der Jake fragt, ob er verrückt sei.

Was ist passiert? Geht es um LaCrosse?

PRIVATNACHRICHT AN FINNBLUELINE

ohhhhh mein gott, ist das toll. das lama-bild ist hiermit optional, ich wüsste es wahrscheinlich ohnehin nicht mehr zu schätzen, denn DIESER ANBLICK BRICHT MIR DAS HERZ. ach jake, du verrückter, komm in meine arme. ich weiß nicht, wie ich es jemals über mich bringen soll, über etwas anderes zu schreiben. jake so zu sehen, war einfach … gott. das war eine der besten schauspielerischen leistungen von zack überhaupt, wenn du mich fragst. er hat es AUF DEN PUNKT gebracht. und ich will einfach nur MEHR, MEHR, MEHR. wenn ich für die serie verantwortlich wäre, hätten alle, die auf eine echte handlung oder so stehen, ein ernsthaftes problem.

geht es tatsächlich. irgendwie. es ist kompliziert. er hat mir einen haufen e-mails geschrieben und mich zu überreden versucht, zu ihm zu kommen, und dann hat er mir weinend am telefon erzählt, dass er mich noch liebt und so … hattest du schon mal das gefühl, dass am verliebtsein manchmal etwas bescheuert KINDISCHES ist? ich fühle mich zu alt für diesen scheiß, oder vielleicht auch nur für diese highschool-version davon. ich will das einfach alles hinter mir lassen, aber wie man mir heute morgen mitgeteilt hat (während ich meine sachen von seinem boden aufgelesen habe, hurra, willenskraft), macht mich das offenbar zu einer herzlosen ziege!

aber … ich weiß nicht. ich glaube, es interessiert mich tatsächlich nicht, ob er mich liebt oder ob ich ihn mag oder nicht, und daher bin ich ja vielleicht wirklich eine herzlose ziege.

sorry, dass ich mich so bei dir auskotze. bist du bei der arbeit? störe ich? pass auf, dass sie dich nicht feuern, weil du lama-bilder zeichnest.

PRIVATNACHRICHT AN _EVENIF

Ich bin Barista und habe heute meinen freien Tag. Bei der Arbeit würde ich nicht zeichnen, sondern katzbuckeln und Getränke zubereiten wie eine Lohnsklavin.

Ob ich finde, dass am Verliebtsein manchmal etwas Kindisches ist …

Ich bin mit meinem Freund (er heißt Charlie und ist sehr nett) seit drei Jahren zusammen und »Verliebtsein« hat an Bedeutung verloren. Ich weiß echt nicht mehr, wie es sich angefühlt hat, als alles noch ganz frisch war. Ich liebe Charlie, und ich bin mir ziemlich sicher, dass er der sprichwörtlich Richtige ist (glaube ich, vielleicht, bestimmt), aber in diesem Stadium einer Beziehung zu sein, ist irgendwie, wie sich für etwas eingeschrieben zu haben. Ich habe mich für Charlie eingeschrieben. Nicht, dass ich es bereue oder so, aber nichts, was mit mir zu tun hat, wird ihn noch zu Tränen rühren.

Und umgekehrt auch nicht.

Ich weiß nicht, ob das erwachsen oder einfach nur traurig ist.

PRIVATNACHRICHT AN FINNBLUELINE	X

ich finde es nicht traurig. vielleicht habt ihr beide diesen märchenhaften moment ja noch vor euch. du schreitest in einem ballkleid eine treppe hinunter, er dreht sich um, über sein gesicht geht ein strahlen … und das meine ich gar nicht so ironisch, das ist ja das verrückte. ich muss mir an die eigene nase fassen. ich weiß nicht. ich träume nicht von dem süßen jungen im wohnheim nebenan, aber ich träume davon, auf einen ball zu gehen und mich verzaubern zu lassen. vielleicht habe ich zu oft dirty dancing gesehen. das ist der fluch daran, ein reiches, jüdisches mädchen zu sein.

ich wünschte, ich hätte heute frei. aber ich muss ein referat auf französisch halten. ich kann es kaum erwarten, nie wieder französisch-unterricht zu haben. was waren deine hauptfächer? sorry, wenn ich seltsam drauf und neugierig bin. ich kann auch meine klappe halten.

eve

PRIVATNACHRICHT AN _EVENIF	X

Ist schon in Ordnung.

Ich habe Kunstgeschichte im Hauptfach studiert. Ruf mich an, wenn du ein Mosaik analysiert haben willst; sonst bin ich eigentlich für nicht viel zu gebrauchen und entsprechend sieht auch mein Bankkonto aus. Aber ich würde mich wieder so entscheiden. Das Gute an einer nutzlosen Studienrichtung ist, dass man sein Konkurrenz- und Erfolgsdenken aufgibt (es ist ja so egal, ob die Kommilitonen Cimabue besser verstehen als man selbst) und einfach das lernt, wofür man sich interessiert.

Welche Hauptfächer wirst du belegen? Nein, lass mich raten – Jura und Medizin. Du wirst die beste forensische Anwältin der Welt. Oder Ärztin, die gefeit vor allen Klagen ist.

... Okay, hier ist das Lama-Bild. Es zeigt auch Tyler und Evanson, nur so zum Spaß. BITTE POSTE DAS BILD NICHT. Es ist exklusiv für dich.

PRIVATNACHRICHT AN FINNBLUELINE X

oh mein gott, evanson, das reitende miststück. DAS SIEHT IHM ÄHNLICH. danke, danke, danke, das ist toll.

knapp daneben – psychologie und frühkindliche entwicklung. ich war schräg drauf als kleines kind und hatte wirklich gute ärzte, die mir geholfen haben. das war eine echt beschissene zeit. meine eltern haben so getan, als ob es nur stress oder so wäre, aber dann habe ich halluzinationen bekommen, und ab ging's in behandlung. heute geht es mir gut. ich schlucke jeden tag meine pillen, und meine seelenklempnerin sagt, dass ich selbst das vermutlich nicht mehr bräuchte. denn viele, die als kinder halluzinationen hatten, verhalten sich später total normal und so. aber was soll's, vorsicht ist besser als nachsicht, oder? und es ist ein prima vorwand, nichts zu trinken, wenn ich mit freunden ausgehe. wenn ich trinke, dann auf dem college, nicht auf einer pseudo-bierparty, bei der internatsschüler nach unterrichtsschluss heimlich in einem keller abhängen.

hast du charlie auf dem college kennengelernt oder ist er eine der unheimlichen internetgestalten wie wir?

PRIVATNACHRICHT AN _EvenIf

... Das war heftig. Ich meine, es ist schon okay, aber ist es nicht seltsam, dass es auf einmal so persönlich wird? Ich weiß nicht. Ich schließe eigentlich keine Internetfreundschaften. Ich hoffe, das verletzt dich jetzt nicht allzu sehr, denn ich finde es gut, dass du mir das alles erzählt hast. Es überrascht mich wahrscheinlich einfach nur, dass du so offen warst oder vielleicht auch, dass ich es gut finde ... na, wer nimmt jetzt kein Blatt vor den Mund?!

Ich habe Charlie während meiner Collegezeit kennengelernt, wenn auch nicht auf dem College. Er war Barkeeper bei uns im Ort. Wir haben kein Klischee ausgelassen. Egal, Mitte des letzten Jahres ist er hierhergezogen, und nach meinem Abschluss bin ich ihm gefolgt. Das hatte aber vielleicht mehr mit Kalifornien als mit ihm zu tun. Ich bin mir nicht sicher, ob ich mich auch so bereitwillig aus dem Staub gemacht hätte, wenn er nach Nebraska gegangen wäre. Andererseits ist mir mein Kaff auch gründlich auf die Nerven gegangen.

PRIVATNACHRICHT AN finnblueline

ohh, ich war noch nie in kalifornien. ich wiederum lebe in connecticut, so hast du es leichter, mich aufzuspüren und umzubringen.

du hast also noch nie eine internetfreundschaft geschlossen? es gibt etwa zehn leute, die den ganzen scheiß über mich wissen, und die meisten davon kenne ich nicht persönlich. ich weiß nicht, ich stehe eigentlich niemandem wirklich nahe, aber es macht mir nichts aus, mich menschen zu öffnen, wenn es nur mit worten geschieht. und gewöhnlich ist es mir egal, wenn ich sie damit verprelle, denn ich bin ja eine unabhängige frau etc. ich komme klar.

außerdem ist es mir nicht wirklich peinlich. ich meine … wie soll einem etwas nach so langer zeit noch peinlich sein? und das mädchen aus meinem wohnheim schämt sich ja auch nicht, jeden morgen zum frühstück ihr schilddrüsenmedikament einzunehmen, warum sollte ich mich dann für meine neuroleptika und vermutete schizoaffektive störung schämen?

PRIVATNACHRICHT AN _EVENIF ✕

Hm. Da ist was dran, Eve.

Aber die *Pantheon*-Fanwelt besteht nun einmal aus lauter Teenagern. Und aus ersichtlichen Gründen führe ich keine Online-Unterhaltungen mit Teenagern (unter 18). Ich blogge über *Up Below*, aber wenn du meinen Blog gelesen hast, ist dir wahrscheinlich aufgefallen, dass ich oft einen unpopulären Standpunkt vertrete, also nehmen nicht viele Kontakt zu mir auf. Und Charlie weiß nichts von meinem Fandasein, was meine Möglichkeiten begrenzt.

Deine Geschichte ist also sicher bei mir. Wem soll ich sie schon erzählen?

Ich mag dich, Eve. Ich glaube, ich werde dich nicht umbringen.

PRIVATNACHRICHT AN FINNBLUELINE ✕

moment mal, charlie weiß nichts davon? wie funktioniert das denn? selbst monsieur lacrosse weiß es (geben wir ihm von nun an den decknamen »john«, was praktischerweise auch sein richtiger name ist, sieh mal einer an) und wir waren vor einem jahr etwa vier monate zusammen. es ist eine bequeme ausrede, wenn ich keine lust habe auszugehen. LASS MICH IN RUHE, ICH SCHAUE MEINE SERIE. MACH DIE TÜR VON DRAUSSEN ZU. usw. usf.

ich mag dich auch.

PRIVATNACHRICHT AN _EvenIf

Oh, es gibt jede Menge merkwürdige Situationen und Halbwahrheiten. Er weiß natürlich, dass ich ein Fan bin. Das kann ich ja schwerlich verbergen, wenn ich jeden Montagabend förmlich in den Fernseher krieche. Ich glaube, er denkt, dass ich Jake heiß finde. Ich meine, das STIMMT ja auch, aber darum … darum geht's nicht, verstehst du?

Er weiß nicht, dass ich einen Blog schreibe, und erst recht nicht, was ich zeichne. (Er darf nicht einfach so mein Skizzenbuch anschauen, er denkt wohl, da sind Stillleben oder so drin.) Und er weiß, dass ich viel zu viel Zeit vor dem Computer verbringe, aber wer tut das nicht?

… Whoa. Mir ist gerade aufgegangen, dass Charlie ja vielleicht auch ein geheimes virtuelles Leben führt.

PRIVATNACHRICHT AN finnblueline

ehrlich gesagt, sind mir menschen suspekt, die kein geheimes virtuelles leben führen. nichts gegen deinen freund, natürlich, aber ich frage mich immer, ob die vielleicht ein wenig … langweilig sind. selbst meine freundin alanah hat einen schuhfetisch-blog, von dem keiner etwas weiß. die menschen brauchen verschiedene identitäten, glaube ich. und je offener man mit seiner psychischen erkrankung oder seinem fandasein umgeht, umso leichter ist es, die anderen dazu zu bringen, ihre nase nicht in die wirklich privaten angelegenheiten zu stecken. ich kann es nicht gebrauchen, dass jeder alles über mich weiß. ein paar brocken eingestreut, wo sie passen, und damit sind alle zufrieden.

FINN

hi, arbeitnehmerin

was treibst du so?

speck braten

world of warcraft spielen

von dir träumen

nackt?

nackt speck braten, ist eine
schreckliche vorstellung

ha, nein, träumen,
dass ich nackt bin

dass du das lila kleid trägst

von jasons hochzeit?
nicht gerade sexy

wunderschön

7. Feb., 14:44

beschäftigt?

ja, sorry, haufen leute.
sind jetzt weg

kriegst du ärger mit
deinem chef, wenn du sms
schreibst?

er ist nicht da

cool.

7. Feb., 14:51

führst du ein
geheimes zweitleben?

ja, ich bin batman

im ernst. hast
du geheimnisse?

was für geheimnisse?

egal. was machst du den ganzen tag, wenn ich nicht da bin?

speck. WOW.
von dir träumen.

du brauchst ein hobby

was machst du abends,
wenn ich in der bar bin?

ich bin eine spionin

war ernst gemeint

SMS-CHAT MIT DAD

pläne für die frühjahrsferien?

ich gehe nicht mehr in die schule, dad, keine ferien.

SMS-CHAT MIT CHARLIE

ich möchte es wirklich
wissen. was machst du?

SMS-CHAT MIT DAD

kannst du dir freinehmen?
wir würden dich gern sehen!

nein. vielleicht ein wochenende?

SMS-CHAT MIT CHARLIE

moment, bin ich deine zielperson?
beschattest du mich?

ja

deshalb möchte ich wissen, was du den ganzen tag treibst

wieder mal aufgeflogen

7. Feb., 15:11

hast du warcraft-freunde?

klar, meine gilde

wissen sie von mir?

was von dir?

na, dass es mich gibt

das sind keine realen menschen

doch

internetmenschen

7. Feb., 15:27

sauer?

lol, natürlich nicht

muss mixer putzen, bis gleich zu hause.

lieb dich

SMS-Chat mit Dad

wie, zum teufel, empfange ich e-mails auf diesem handy?

haha, ruf mich heute abend an.

GENA

_EvenIfs Blog

Ich schaue jede Menge *Up Below* und schreibe viel Fanfic und drücke regelmäßig Heroin. Eins davon stimmt nicht. Ich kann einen krassen französischen Zopf.

16. FEB

meine. güte.

Ich weiß nicht ... Ich weiß nicht einmal ansatzweise, was ich sagen soll.

DANKE, *UP-BELOW*-GÖTTER, DANKE, DANKE, DANKE. Außer, hey, was soll ich mit meinem Leben jetzt anfangen, denn ich bin mir ziemlich sicher, dass ich nach dieser Folge NIE WIEDER FANFIC BRAUCHE. Ist das eine geheime Verschwörung, um mich aus meinem Zimmer zu locken? DAS WIRD NICHT FUNKTIONIEREN, SERIENGÖTTER. Denn ich muss hier bleiben und ALL MEINE GEFÜHLE BLOGGEN.

Gott. Okay. Wo fange ich an. Mit der Art, wie Tyler Jake so mir nichts, dir nichts alles *vergeben* hat? Jake hat diese Schuld so lange mit sich herumgeschleppt und Tyler hat ihm die ganze Last einfach von den Schultern genommen und sie ... in Luft aufgelöst. Meine Herren, bin ich heute wieder eloquent. Aber ganz im Ernst, ich weiß, wir haben alle gehofft, dass Jakes Schuld, die er in der verdammten PILOTFOLGE auf sich geladen hat, irgendwie getilgt wird, aber das ist ... Ich bin mir sicher, dass diese Situation so schon einmal in einer Fanfic beschrieben worden ist. Wisst ihr, welche ich meine? Wer hat die noch mal geschrieben, ahhhh, helft mir bitte. Ambitionierter Blog. Das macht mich gerade ganz kirre.

Egal, ich war damals begeistert von dieser Fanfic, und nun kann ich von dem, was dort zu lesen war, IN WIRKLICHKEIT BEGEISTERT SEIN.

Oder was auch immer *Up Below* ist. Für mich ist es die Wirklichkeit.

Was mich wahrhaftig ergriffen hat, war Jakes REAKTION, als Tyler ihm verziehen hat. Wir haben bis zu diesem Moment vermutlich nicht begriffen, WIE SEHR er das gebraucht und doch gleichzeitig nicht geglaubt hat, dass es jemals passiert. Er hat erlebt, wie Tyler ein ums andere Mal für ihn durch die Hölle gegangen ist, aber er hätte nie gedacht, dass man ihm jemals verzeihen würde. Er hat geglaubt, dass selbst Tyler so etwas nicht wieder in Ordnung bringen könne. Und doch ... HAT ER GENAU DAS GETAN. Gott, ich liebe die beiden. Ich liebe sie so sehr. Und ich bin so froh, dass wir nun wissen, dass Tyler nicht mehr böse auf ihn ist. Vielleicht wird es nun auch die Fanwelt darauf beruhen lassen? Das wäre schön.

Abschließend möchte ich einen Schriftsteller zitieren, der, ehrlich gesagt, weniger talentiert war als das anbetungswürdige Autorenduo der letzten Folge: ALLES IST SCHÖN UND NICHTS TUT WEH.

eve

9 Kommentare

Kommentar schreiben

YoureaBlur
MANN, DU HAST ES VOLL GETROFFEN

_EvenIf
KRIEG MICH GAR NICHT MEHR EIN

StrawberryBlossom19
Du meinst, glaube ich, die Fic von _beautifuleyedea_. Hier ist der Link.

_EvenIf
JA, das ist sie, danke. Super.

StrawberryBlossom19
Keine Ursache! Sie ist unglaublich.

JakeyBoBakey.
ABER ACH, JAKE.

_EvenIf
WIE KONNTE ICH WORTE FINDEN FÜR ETWAS, DAS SICH NICHT IN WORTE FASSEN LÄSST

Tylergirl93
schreib dir eine e-mail.

_EvenIf
Okay.

VON: ESME PREVOT <EPREVOT@STONEYHALL.EDU>
AN: GENEVIEVE GOLDMAN <GGOLDMAN@STONEYHALL.EDU>
DATUM: FREITAG, 20. FEBRUAR 15:50
BETREFF: TRÈS BIEN!

> Liebe Genevieve,
> tolles Referat. Eins.
>
> Gruß,
> Ms Esme Prevot

VON: GENEVIEVE GOLDMAN <GGOLDMAN@STONEYHALL.EDU>
AN: ESME PREVOT <EPREVOT@STONEYHALL.EDU>
DATUM: FREITAG, 20. FEBRUAR 16:25
BETREFF: RE: TRÈS BIEN!

> Merci! Passez un bon week-end!
>
> Gruß,
> Genevieve Goldman

SMS-CHAT MIT MICHELLE Q.

hey, schnecke

hey … nachtschwärmerin

18 uhr essen gehen? mit
alanah und niya und mir

kann nicht, arzttermin.
müsliriegel für mich

klapsdoktor?

genau

viel glück

nicht nötig

Von: Kyle Marksborough <kgmarks@mdtalent.com>
An: Genevieve Goldman <genazeporah@gmail.com>
Datum: Freitag, 20. Februar 16:02
Betreff: Vorsprechen

Hi Genevieve,

wir haben lange nichts mehr voneinander gehört. Mir ist da etwas untergekommen, das wie für dich gemacht scheint. Ich frage mich, ob du bereit für ein großes Comeback bist? Werbung für Küchenkrepp, sie suchen eine mürrische Teenagerin, unter einssechzig, dunkles, glattes Haar ... kommt dir bekannt vor? Ruf mich an und wir vereinbaren ein Vorsprechen.

Danke,
Kyle Marksborough
M & D Talentagentur

Von: Genevieve Goldman <genazeporah@gmail.com>
An: Kyle Marksborough <kgmarks@mdtalent.com>
Datum: Freitag, 20. Februar 16:15
Betreff: Re: Vorsprechen

Yo Kyle,

nö!

Bis bald,
Genevieve

Patientenakte – 20. Februar

Dr. Rachaela Bachmann

Patientin ist, wie gewöhnlich, guter Dinge, ausgeglichen und berichtet, gute Noten zu erzielen. Verneint, dass in jüngster Zeit psychiatrische Symptome aufgetreten sind, gesteht ein, schulbedingt unter beträchtlichem Stress zu leiden, antwortet schnell und ohne zu stocken auf Fragen. Ich habe immer noch Bedenken, dass sie sich als Ausflucht auf auftretende Ängste möglicherweise zu sehr auf das College konzentriert. Ich bin ebenfalls besorgt über ihre Versessenheit auf einen Neuanfang und befürchte, dass sie zu viele Kontakte abbrechen wird.

Patientin ist, wie üblich, nicht geneigt, das Medikament schrittweise abzusetzen.

Folgetermin für den 20. März vereinbart.

VON: GENEVIEVE GOLDMAN <GGOLDMAN@STONEYHALL.EDU>
AN: NAOMI HOOLE-GOLDMAN <NAOMI.HOOLE.GOLDMAN@GMAIL.COM>
DATUM: FREITAG, 20. FEBRUAR 21:12
BETREFF: (KEIN BETREFF)

> Hi Mom,
>
> wie ist es in der Wildnis? Schon über irgendwelche Wildbeeren gestolpert?
>
> Hier ist alles gut. Habe eine Eins auf mein Französisch-Referat bekommen, Prevot hat endlich die Noten verteilt. War heute Nachmittag bei meiner Psychologin, das lief gut. Bin mit Alanah und den anderen Essen gegangen und wir haben über Jungs und so gequatscht. Im Chemiekurs ist ein Junge, den ich süß finde. Also alles in bester Ordnung.
>
> Schreibst du bei Gelegenheit mal zurück?
>
> Liebe Grüße,
> Gena

SMS-Chat mit Alanah J.

Habe Mom gerade erzählt, ich hätte einen Chemiekurs belegt …?

21. Feb., 01:19

lol, was, binbetrunken

21. Feb., 03:25

ha, egal

warum bist'n noch wach?

Privatnachricht an _EvenIf

okay, tut mir leid, aber ich kapier's nicht. erwartet man jetzt ernsthaft von uns, jake zu verzeihen, nur weil er so lange herumgejammert hat, bis tyler das gesagt hat? Jake IST IHM IN DEN RÜCKEN GEFALLEN. du kannst doch nicht wirklich zu den verrückten gehören, die das okay finden. schreibst du einen fanfic-fix? bitte? für mich?

mallory

Privatnachricht an Tylergirl93

Äh, echt jetzt? Er ist ihm nicht in den Rücken gefallen. Ich habe schon blaue Finger, weil ich ihn immer wieder gegen diesen Vorwurf verteidigen muss. Ich kann nicht glauben, dass es immer noch nötig ist. Innerlich hat Jake schon immer auf Tylers Seite gestanden, aber er MUSSTE Evansons Leuten den Vorrang vor Ty geben, oder er UND Tyler wären im Arsch gewesen. Und wenn Tyler gewusst hätte, dass Jake sich seinetwegen opfert, dann hätte er ihn davon abgehalten und zu beschützen versucht. Jake musste so tun, als hätte er sich tatsächlich gegen Tyler gestellt. Sie mussten jemanden einschleusen, und Jake war bereit, eine Weile den Bösen zu mimen, um ihrer beider Hintern zu retten. GOTT SEI DANK ist Tyler nicht mehr sauer auf ihn, und ich kann nicht glauben, dass die Fanwelt es immer noch ist, um ehrlich zu sein. Kein Fix.

eve

PRIVATNACHRICHT AN _EVENIF

ist es zu viel verlangt, dass du dich nur DIESES EINE MAL aus deiner jakegirl-komfortzone hinauswagst? wir sind echt fertig deswegen. wir sind weit in der überzahl und du könntest viel mehr anhänger haben.

PRIVATNACHRICHT AN TYLERGIRL93

heul hier bloß nicht rum.

PRIVATNACHRICHT AN FINNBLUELINE

ERZÄHL MIR, WAS DU VON DIESER FOLGE HÄLTST, denn ich ersticke an meinen gefühlen und der beschissenen NEGATIVEN EINSTELLUNG DER TYLERGIRLS. erinnere mich bitte daran, dass ich die fanwelt nicht hasse.

wie geht's? du bist doch nicht böse auf mich, weil ich unterstellt habe, charlie sei langweilig, oder? das wollte ich wirklich nicht. ich habe meine nachricht später noch einmal gelesen und mich dafür gehasst.

eve

GENA/FINN

Privatnachricht an _EvenIf

Ich hasse die Fanwelt manchmal absolut.

Folgst du eigentlich popstotheweasel? Sie ist ein Tylergirl, deren Blog ich lese, hauptsächlich, weil sie meinen liest. Also, die Folge war noch nicht einmal zu Ende, und schon hat sie gepostet, wie sehr Jake Tyler AUSNUTZT, wie sehr er auf dessen Gefühlen herumtrampelt und wie er Tyler einfach nur im Weg steht bei all ihren Unternehmungen.

Ich meine, die Folge ist doch erst gelaufen. Ich fange gerade erst an, meine Gedanken zu sortieren. Ich verstehe nicht, wie man so schnell eine derartige Ablehnung gegenüber etwas aufbringen kann, das man doch angeblich liebt.

Mach dir bitte keinen Kopf wegen Charlie. Er ist langweilig :)

Privatnachricht an finnblueline

langweilig kann nett sein! (also kein geheimes internetleben?)

ich möchte eigentlich etwas versöhnliches schreiben, aber fakt ist, dass ich ebenso schlecht über tyler rede, wie sie manchmal über jake, aber … es handelt sich um JAKE, verstehst du? er ist der wackere knabe, der sich immer darauf verlassen konnte, dass tyler hinter ihm aufräumt, aber deshalb NIE selbstgefällig geworden ist, und nun bringt er den mut auf, selbst loszuschlagen und tyler zu BESCHÜTZEN und einfach ein scheißheld zu sein, obwohl tyler nie wollte, dass jake das einmal sein muss … echt mal, serie, was soll das denn jetzt? das ist fast so daneben wie die tussen, die die serie einfach nur schauen, weil sie hoffen, dass einer von beiden sein hemd auszieht. hör bloß auf.

Privatnachricht an _EvenIf

Sein geheimes Internetleben besteht offenbar darin, dass er Warcraft spielt und die Mitspieler ihren wahren Namen nicht preisgeben. Er sagt, sie würden nur über Highscores und Goblin-Belagerungen reden.

Das leuchtet mir schon ein. Das Spiel greift nicht so in sein normales Leben ein, wie es das Fandasein tut, glaube ich.

Ich meine, viele Leute, mit denen er spielt, kennt er persönlich, sie verabreden sich auch zu anderen Anlässen, und an manchen Tagen kommt das Spiel überhaupt nicht zur Sprache. Jake hingegen ist die ganze Zeit über irgendwie in meinem Kopf präsent.

Ist das krank? Es ist einfach so, dass Jake in mir all diese GEFÜHLE auslöst, weißt du? Neulich bei der Arbeit war mir beispielsweise unglaublich langweilig, und da musste ich an den Moment in der ersten Staffel denken, als Jake sich im Wasser in einem Seil verheddert hat und Tyler ihm nachspringen musste, obwohl er nicht schwimmen kann, und Jake so verletzlich und süß in Tylers alberner Flanelljacke gewirkt hat … haben die Tylergirls diese Folge nicht gesehen?

PRIVATNACHRICHT AN FINNBLUELINE ✕

wahrscheinlich geben sie jake die schuld daran, dass tyler klitschnass geworden ist und gefroren hat, armes baby. (obwohl es mir irgendwie gefällt, wenn es meinem lieblingshelden schlecht geht. ich schwöre, ich möchte nicht, dass es ECHTEN MENSCHEN schlecht geht. aber dann kümmert sich tyler um ihn und das ist so schön …)

gottttt, diese folge, ich weiß nicht, ob ich froh oder angepisst bin, weil du mich daran erinnert hast.

ich kann mir mein leben momentan ohne fandasein nicht vorstellen, und vielleicht sollte ich das mal meiner seelenklempnerin gegenüber erwähnen, aber irgendwie … fühlt sich das für mich nicht wie ein echtes problem an. es ist einfach etwas, das ich mache. mein ganzes leben besteht aus etwas, das ich mache. sorry, oben erwähnte seelenklempnerin hat mich zu melancholie und selbstreflexion gebracht. ich komme schon klar.

und bei dir so, was macht das leben?

PRIVATNACHRICHT AN _EVENIF ✕

Ich finde es toll, wenn Tyler so fürsorglich wird. Ihre Verbundenheit hat etwas Unverfälschtes, weißt du? Wie er buchstäblich alles für Jake tun würde. Wie kompliziert ihr Leben auch sein mag, das ist die Quintessenz, auf die sie immer zurückgreifen können.

Ich wüsste nicht, warum du das deiner Seelenklempnerin gegenüber erwähnen solltest, aber … Ich bin auch noch nie bei einer gewesen, daher kann ich hier nicht wirklich mitreden. Damit will ich nicht behaupten, ich wäre zu gesund für eine Therapie (ha!). Ich habe einfach noch keine gemacht. Wie ist das? Verabscheust du es? Ich denke, mir würde es so gehen.

Wow, halt die Klappe, Finn. Darauf musst du ECHT nicht antworten, tut mir leid.

Hier ist alles, wie gehabt. Charlie arbeitet bis vier Uhr morgens, und ich bleibe auf, bis er zurück ist, weil wir uns sonst gar nicht mehr sehen würden. Aber ich kann mich eigentlich nicht beklagen, denn er zahlt 70 % der Miete. Obwohl er allein die Schuld daran trägt, dass unsere Miete so hoch ist. Denn er musste ja UNBEDINGT eine Drei-Raum-Wohnung haben, falls wir Gäste bekommen oder uns einen Hund zulegen, die wir lieber außer Sichtweite haben wollen oder so.

PRIVATNACHRICHT AN FINNBLUELINE ╳

nein, nein, schon in ordnung. ich bin nicht wirklich in therapie – das war ich eine weile, aber das ist eher ein wöchentlicher termin, zu dem man geht und über seine gefühle und so zeug redet. ohne das schlechtmachen zu wollen, habe ich derzeit eigentlich gar keine gefühle, über die es sich zu reden lohnt. daher gehe ich momentan einmal im monat hin, sie bittet mich, meine gemütslage auf einer skala von eins bis zehn zu bewerten und fragt mich, ob ich wahnvorstellungen oder etwas ähnliches hätte, das verneine ich, dann lächeln wir uns an, und dann schreibt sie mir das rezept aus. das dauert maximal zehn minuten.

finn ist echt ein krasses pseudonym. benutzt du das sonst auch? eve ist nicht mein wirklicher name. genau genommen könnte er als kurzform meines namens durchgehen, aber keiner nennt mich so. ich habe ihn mir nicht einmal bewusst zugelegt. er hat sich beim chatten aus _evenif so ergeben.

PRIVATNACHRICHT AN _EVENIF ╳

Ich benutze ihn sonst auch, ja. In der fünften Klasse waren wir drei Stephanies, und ich hatte es satt, dass alle mich Steph B.

genannt haben. Meine Mom haaaasst ihn. Sie sagt, es sei ein Jungenname und weigert sich, ihn zu verwenden, aber ich habe ihn nun schon so lange, dass alle anderen Namen sich komisch anhören.

Also … wie heißt du denn eigentlich? Das musst du mir natürlich nicht verraten, wenn du nicht willst.

(Können wir uns einfach darauf einigen, dass keiner etwas preisgeben muss, was er nicht will, damit man das nicht jedes Mal explizit schreiben muss?)

PRIVATNACHRICHT AN FINNBLUELINE ✕

ich weiß nicht, ob ich eigentlich ein reservierter mensch bin. ich bin es einfach nicht gewohnt, anderen etwas erklären oder small talk führen zu müssen oder so. in meiner klasse sind 41 schüler und die meisten sind seit beginn der mittelstufe hier. wir stellen uns unglaublich blöd an, wenn es darum geht, mit jemandem zu reden, der ohnehin nicht schon alles über uns weiß, das ist total bescheuert. du solltest uns mal zuhören, wenn wir versuchen, mit fremden zu telefonieren.

genevieve. oder gena, man spricht es dschenna. ich verwende beide formen.

PRIVATNACHRICHT AN _EVENIF ✕

Nobel, nobel. Ich nenne dich Eve.

FINN

19. Februar

Reden wir mal über das, was hier passiert ist.

Hätte das nicht der Moment sein sollen, der die Fanwelt vereint? Ich meine, ich warte schon DIE GANZE STAFFEL darauf, dass Jake und Ty sich versöhnen (und wirklich versöhnen, nicht dieses dämliche »okay, ich schätze, wir können ganz gut zusammenarbeiten«-Ding aus der vierten Folge), und nun ist es passiert. Und es war schön! Die Aufrichtigkeit! Das gegenseitige Verständnis! Die *Umarmung*, Leute! Ich habe einen Freudentanz im Wohnzimmer aufgeführt!

Stellt euch daher mein Erstaunen vor, als ich ins Netz gegangen bin und festgestellt habe, dass sich so viele darüber aufgeregt haben. Offenbar verfolgen einige die Serie, die kein Interesse an einer harmonischen Entwicklung zwischen Jake und Ty haben. Ich kapier's nicht. Schauen sie die Serie wegen der Handlung? Dann habe ich schlechte Nachrichten, Leute – die Handlung ist nicht wirklich überzeugend. Wenn ihr auf der Suche nach überraschenden Wendungen und großartigen Dialogen seid, gibt es wirklich bessere Serien. Wir interessieren uns für die Dynamik zwischen den Protagonisten, oder?

Darf ich mal eine Frage stellen? Und die ist völlig ernst gemeint, ich möchte es wirklich wissen. An die Leute, die von der Folge in dieser Woche enttäuscht waren – was hätte eurer Meinung nach denn stattdessen geschehen sollen? Denn es ist ja nicht so, als ob irgendjemand glücklich gewesen wäre, als Jake und Ty sich vor ein paar Wochen in den Haaren gelegen haben. Und daher bin ich verwirrt. Wie sieht die Lösung aus?

Ich persönlich könnte nicht zufriedener mit der Serie sein. Vielleicht habe ich ja das »Fan« in »Fandasein« zu wörtlich genommen?

Hier sind ein paar Fanfic-Empfehlungen:

Im Kasten – _beautifuleyedea_
Drei Tage Regen – jakety99
Verrückte Welt – _EvenIf

>>>>mmmZack hat diesen Beitrag von finnblueline rebloggt
>>>>DanniRice hat diesen Beitrag rebloggt und geschrieben: amen!
>>>>Tylergirl93 hat diesen Beitrag rebloggt und geschrieben: Man sollte nicht von Tyler erwarten, dass er Jake wie von Zauberhand alles vergibt, nachdem Jake ihn die ganze Zeit verarscht hat. Ach, Jakegirls.
>>>>slotohes hat diesen Beitrag von DanniRice rebloggt
>>>>_EvenIf hat diesen Beitrag rebloggt und geschrieben: hi :)

Ich bin ein Klebezettel

Guten Morgen,
Sonnenschein!
Danke, dass du mich nicht geweckt hast, liebste aller Freundinnen :)
Bringst du Spritzkuchen mit?
Küsschen, Charlie

Von: US Postal Service Employment Office <careersinmail@usps.gov>
An: Finn Bartlett <finn.a.bartlett@gmail.com>
Datum: Montag, 23. Februar 08:02
Betreff: Ihre Bewerbung

> Ms Bartlett,
>
> vielen Dank für Ihr Interesse an US Postal Service. Obwohl Ihr Profil unseren Anforderungen entspricht, haben wir die Stelle einem Bewerber mit mehr Erfahrung angeboten. Wir wünschen Ihnen viel Erfolg bei der Arbeitssuche.

Von: Gavin Macleod <gmacl@servstar.com>
An: Finn Bartlett <finn.a.bartlett@gmail.com>
Datum: Montag, 23. Februar 08:10
Betreff: Absage

Ms Bartlett,

leider sind derzeit alle Verkaufsstellen besetzt. Bitte fragen Sie in ein paar Monaten wieder nach, dann können wir Ihnen möglicherweise etwas anbieten.

Ich bin ein Klebezettel

Wo hast du denn diese Klebezettel her?
Die sind total witzig.
Einen schönen Abend und viel Trinkgeld.
Küsschen, Finn

Ich bin ein Klebezettel

Finn, ich arbeite heute Abend nicht, und ich muss etwas mit dir bereden.
Kannst du nach der Arbeit direkt nach Hause kommen?

Ich bin ein Klebezettel

Nichts Schlimmes, mach dir keine Sorgen. Ich habe viel über die Zukunft nachgedacht – unsere Zukunft – und wo wir jetzt zusammenwohnen und du einen Job hast, habe ich gedacht →

Ich bin ein Klebezettel

es ist Zeit, dass wir uns über ein paar Dinge unterhalten.
Ich koche uns etwas zum Abendessen.
Ich liebe dich!
Hab einen SCHÖNEN TAG.
Tausend Küsse,
Charlie

SMS-Chat mit Lydia

notfall? alles gut?

seltsame notiz von charlie heute morgen

inwiefern seltsam?

ich denke, er macht mir einen heiratsantrag

ach, du meine güte!

ja

jüngste schwester heiratet zuerst; ein skandal

ach, sei still

glückwunsch! bist du aufgeregt?

… weiß nicht

sind das keine guten neuigkeiten?

4. März, 17:13

finny?

4. März, 17:16

wohl nicht.

SMS-Chat mit Angie

charlie hat dir einen antrag gemacht? details.

wer hat das gesagt?

lydia!

hat er nicht

oh

vielleicht solltest du
mom anrufen

VON: FINN BARTLETT <FINN.A.BARTLETT@GMAIL.COM>
AN: JOAN BARTLETT <JOANBARTLETT4472@GMAIL.COM>;
PAUL BARTLETT <GOHAWKEYESFAN@HOTMAIL.COM>
DATUM: DIENSTAG, 4. MÄRZ 22:50
BETREFF: HÖRT NICHT AUF LYDIA

Liebe Eltern,

offensichtlich kursieren hier gerade ein paar Gerüchte, also werde ich das mal richtigstellen, bevor euch gewisse ältere Schwestern einen Floh ins Ohr setzen.

Nein, Charlie hat mir keinen Antrag gemacht.

Er hat mir heute Morgen eine Notiz hinterlassen und mich gebeten, nach der Arbeit direkt nach Hause zu kommen, weil er über die Zukunft nachgedacht habe. Und da habe ich gleich hyperventiliert und es Lydia erzählt.

Wie sich herausgestellt hat, wollte er nur ganz allgemein über unsere gemeinsame Zukunft reden und hat keine klaren Absichten formuliert. Was eine Erleichterung war, denn ehrlich gesagt, weiß ich nicht, was ich geantwortet hätte. Ich will mich nicht von ihm trennen, aber ich habe keine Ahnung, ob ich seinen Antrag ablehnen und trotzdem mit ihm zusammenbleiben kann. Geht das überhaupt?

Sei's drum, falscher Alarm, keiner heiratet.

Und nun macht einfach weiter mit eurem normalen Dienstag …

Finn

SMS-Chat mit Mom

hat charlie dir einen antrag gemacht?

nee, habe e-mail geschickt

schade! wir hatten uns schon für dich gefreut!

nein, das ist gut so, glaub mir

willst du ihn nicht heiraten?

nicht jetzt

warum bist du ihm dann durchs halbe land gefolgt?

4. März, 23:11

Privatnachricht an _EvenIf

Hey …

sag mir, wenn das seltsam ist, aber hier geschehen gerade Dinge, über die ich wirklich nicht mit meinen dreidimensionalen Freunden reden kann. Kann ich dir mal mein Herz ausschütten? Falls nicht, ist es auch okay. Ich habe einfach das Gefühl, dass du mich verstehst. Bin ich verrückt? Darauf musst du nicht antworten.

ich

GENA/FINN

PRIVATNACHRICHT AN FINNBLUELINE

hey, natürlich, was ist los?

genevieve

PRIVATNACHRICHT AN _EVENIF

Ich weiß nicht, wie ich das erzählen soll, ohne herzlos zu klingen.

Charlie will mich heiraten.

Okay, das muss ich ein bisschen näher ausführen. Als ich heute von der Arbeit nach Hause gekommen bin, hatte er ein SUPERDUPER-DINNER gekocht, nach Rezept, nicht unsere übliche Pizza oder Knoblauchbrot, und wir haben am Tisch gegessen, was wir sonst nie tun. Und dann hat er eine Rede gehalten, wie lange wir nun schon zusammen sind und dass er noch nie mit jemandem so glücklich gewesen ist … Ich meine, es war wie aus einem kitschigen, aber schönen Film.

Er hat mir nicht direkt einen Antrag gemacht, aber er hat den gesamten Ablauf schon in seinem Kopf, wann was passieren soll, und er hat mich gefragt, ob ich meine Ringgröße weiß (kennt überhaupt jemand seine Ringgröße?).

Und mir ist einfach nur das Herz IN DIE HOSEN GERUTSCHT.

Ich fühle mich so beschissen.

Ich liebe ihn.

Ich möchte mich wirklich, wirklich, wirklich nicht von ihm trennen.

Aber heiraten ist EINE SCHEISSERNSTE ANGELEGENHEIT und ich bin mir einfach nicht SICHER.

… Oh Gott, was, wenn er das zweite Schlafzimmer für ein BABY wollte?

PRIVATNACHRICHT AN FINNBLUELINE

okay, lass uns das mal lieber per e-mail besprechen. ggoldman@stoneyhall.edu.

Von: Finn Bartlett <finn.a.bartlett@gmail.com>
An: Genevieve Goldman <ggoldman@stoneyhall.edu>
Datum: Dienstag, 4. März 23:46
Betreff: Schickeria

> Ohne Scheiß, Stoneyhall? Du bist echt nobel, Genevieve. Okay. Sag mir, was ich tun soll.

Von: Genevieve Goldman <ggoldman@stoneyhall.edu>
An: Finn Bartlett <finn.a.bartlett@gmail.com>
Datum: Mittwoch, 5. März 02:58
Betreff: Charlie

> ich habe keine ahnung, was ich an deiner stelle tun würde. mich wahrscheinlich von ihm trennen, ehrlich gesagt. den rat musst du dir aber nicht zu herzen nehmen.
>
> wie ist es, mit ihm zusammenzuwohnen? möchtest du das für immer? ach, ich möchte mein zimmer keine zwei monate mehr mit meiner mitbewohnerin teilen, und ich mag sie. ich kann mir nicht vorstellen, mit jemandem für immer zusammen zu sein. dabei möchte ich eigentlich nicht allein oder in gesellschaft von ein paar iguanas oder so sterben.

Von: Finn Bartlett <finn.a.bartlett@gmail.com>
An: Genevieve Goldman <ggoldman@stoneyhall.edu>
Datum: Mittwoch, 5. März 00:10
Betreff: Re: Charlie

> Eigentlich weiß ich gar nicht SO RICHTIG, wie es ist, mit ihm zusammenzuwohnen. Ich arbeite tagsüber, er nachts. Also ist es so weit okay, aber es wird ja wohl nicht für immer so bleiben.
>
> Weißt du, was beschissen ist? Ich denke immerzu, wie ich mit jemandem mein Leben verbringen soll, der nichts über mein Fandasein weiß. Das meine ich wahrscheinlich irgendwie im übertragenen Sinn, aber irgendwie auch nicht. Es nimmt einen großen Teil meines Lebens ein. Was wohl bedeutet, dass ich es ihm sagen muss. Oder ihn nicht heiraten. Falls ich ihn überhaupt heiraten möchte ...

Von: Genevieve Goldman <ggoldman@stoneyhall.edu>
An: Finn Bartlett <finn.a.bartlett@gmail.com>
Datum: Mittwoch, 5. März 03:15
Betreff: Re: Charlie

> mann, ich habe gerade dasselbe gedacht.

Von: Finn Bartlett <finn.a.bartlett@gmail.com>
An: Genevieve Goldman <ggoldman@stoneyhall.edu>
Datum: Mittwoch, 5. März 00:18
Betreff: Re: Charlie

> Du gibst mir das Gefühl, völlig NORMAL zu sein. Danke.

Von: Genevieve Goldman <ggoldman@stoneyhall.edu>
An: Finn Bartlett <finn.a.bartlett@gmail.com>
Datum: Mittwoch, 5. März 03:25
Betreff: Re: Charlie

> ach ja? das ist vermutlich das erste mal, dass jemand so etwas zu mir sagt.
>
> ich weiß nicht. ich bin eigentlich noch nie jemandem begegnet, mit dem ich viel zeit verbringen möchte. ich meine, es gibt schon menschen, die ich mag, aber wenn ich mit ihnen zusammen bin, warte ich darauf, dass sie wieder gehen, damit ich meine hosen ausziehen, mich mit dem laptop hinlümmeln und einfach ich selbst sein kann. hin und wieder krieche ich aus meinem schneckenhaus heraus, benehme mich äußerlich total normal, und dann ziehe ich mich wieder zurück in meine innere, verrückte, in der fanwelt berühmte version meiner selbst und bin einfach ALLEIN. das klingt echt deprimierend oder so, aber es geht mir wirklich gut damit. ich habe das alles in meinem leben fein säuberlich getrennt.

Von: Finn Bartlett <finn.a.bartlett@gmail.com>
An: Genevieve Goldman <ggoldman@stoneyhall.edu>
Datum: Mittwoch, 5. März 00:31
Betreff: Re: Charlie

> Vielleicht ist das mein Problem. Ich bin mir sicher, dass ich EINES TAGES (bestimmt) heiraten werde, aber im Moment möchte ich gern etwas haben, das nur mir gehört. Ich wohne bei Charlie.

Ich treffe mich mit seinen Freunden und seiner Familie.
Meine Leute wohnen alle in Iowa. Das Fandasein ist MEIN Ding.
Ich weiß nicht.

Blog von Tylergirl93

– Tyler Pierce für immer verfallen –

26. März

ACHTUNG, FANTREFFEN! Das diesjährige *Up-Below*-Fantreffen findet in Chicago statt und die Tickets kosten ein Vermögen! Ihr bekommt ohnehin keine, also spart euch die Mühe.

ABER! Durch eine Mischung aus harter Arbeit und Glück habe ich eine Online-Auktion für sechs Tickets am Haken. Momentan steht das Gebot bei 600 Dollar, und Leute, es sind die GUTEN Tickets mit freiem Eintritt zur Fragestunde und Afterparty, und man kann sich sogar mit Toby fotografieren lassen! (Oder Zack, wenn man darauf steht.)

Macht jemand mit? Wir teilen die Kosten durch sechs, wenn sich genügend Leute finden.

8 Kommentare

Kommentar schreiben

popstotheweasel
DABEI.

Tumbledown
Hm, Datum?

Tylergirl93
Erste Juliwoche

Tumbledown

Da kann ich nicht, sorry

Third_The_Bird

Was glaubst du, wie hoch das Gebot geht?

Tylergirl93

Keine Ahnung. Aber du musst vor dem Mitbieten fest zusagen.

finnblueline

Ich denke darüber nach

Tylergirl93

Cool, gib mir Bescheid.

Von: Finn Bartlett <finn.a.bartlett@gmail.com>
An: Genevieve Goldman <ggoldman@stoneyhall.edu>
Datum: Mittwoch, 26. März 22:02
Betreff: Fantreffen in Chicago?

> Hey, du hast mir die Schauergeschichten über Tylergirl93 noch nicht erzählt. Ist sie irgendwie blöd? Ich weiß nicht, ob du's in ihrem Blog gelesen hast, sie versucht, eine Gruppe für Chicago zu organisieren, und ich könnte eine Auszeit vertragen, aber nicht, wenn sie total bescheuert ist.

Von: Genevieve Goldman <ggoldman@stoneyhall.edu>
An: Finn Bartlett <finn.a.bartlett@gmail.com>
Datum: Donnerstag, 27. März 01:46
Betreff: Re: Fantreffen in Chicago?

> ach, das ist so ein riesending. wir waren eigentlich mal befreundet, nicht sehr eng, aber wir haben jeden tag miteinander gechattet, gewetteifert, wer die meisten wörter schreibt und so. sie kennt meinen wirklichen namen nicht, was auch immer das bedeuten mag. egal, sie wollte ein großes commentfiction-ding starten – leute posten stichworte, zu denen andere kurze artikel schreiben, das macht echt spaß – und sie wollte, dass ich ihr helfe, leute dafür zu gewinnen, da ich mehr jakegirls als sie kenne. also habe ich die mit reingebracht, und du weißt wahrscheinlich,

dass wir eine lächerlich kleine minderheit darstellen, aber vielleicht hat uns das ja gerade zusammengeschweißt, und wir haben einen haufen zeug geschrieben, es war unglaublich. die beiträge pro tyler oder jake hielten sich fast die waage. perfekt, oder?

aber dann hat sie mir geschrieben, dass – und ich übertreibe nicht – die ganzen jake-fanfics sie KRANK MACHEN, weil es so viele sind, und dass das kein jake-blog sei, und bla, bla, bla. und zuerst habe ich gedacht, sie gibt mir daran die schuld, aber dann habe ich gemerkt, dass sie eigentlich geglaubt hat, ich stehe AUF IHRER SEITE und mich nerven die jake-fanfics insgeheim auch, denn natürlich ist TYLER OBJEKTIV GESEHEN DER BESSERE.

als würde sie glauben, ich hätte mich für jake entschieden, wie manche leute eben im supermarkt immer zur cornflakes-eigenmarke greifen. als ob ich ihn ausgewählt hätte, weil er einfacher zu haben und billiger ist, OBWOHL ich weiß, dass markenartikel besser sind. als wäre tyler markenflakes und jake billigflocken in der jumbopackung.

weißt du was, mallory? dann stehe ich eben auf jumbopackungen.

wie willst du charlie eigentlich erklären, dass du verreisen willst?

Von: Finn Bartlett <finn.a.bartlett@gmail.com>
An: Genevieve Goldman <ggoldman@stoneyhall.edu>
Datum: Mittwoch, 26. März 23:11
Betreff: Re: Fantreffen in Chicago?

Das warst DU?

Meine Güte, davon habe ich gehört. Ein paar Leute haben vor ein paar Monaten gebloggt, dass die Jake-Anhänger alles übernehmen würden, und jemand hat erwähnt, dass Tylergirl93 (sie heißt Mallory?) eine Commentfic-Website hätte und sie sperren »müsse«, weil die Leute dort nur noch Jake-Geschichten posten würden. Bei ihnen hat das so geklungen, als hätten sie die Website explizit für Tyler-Geschichten eingerichtet. Und du erzählst mir nun, dass sie die Jakegirls eingeladen und dann ihre Meinung geändert und euch rausgekickt haben? Wow, das ist wirklich erbärmlich von ihr.

Ich glaube, ich möchte trotzdem zu dem Fantreffen. Ich war noch nie auf einem. Und das Gruppenticket gilt für sechs Leute, also ist ja vielleicht jemand Cooles dabei.

Gehst du zu solchen Treffen?

Ich werde Charlie die Wahrheit sagen. Ich werde nicht verreisen, ohne ihm zu sagen, wohin. So eine bin ich nicht.

Von: Genevieve Goldman <ggoldman@stoneyhall.edu>
An: Finn Bartlett <finn.a.bartlett@gmail.com>
Datum: Donnerstag, 27. März 02:20
Betreff: Re: Fantreffen in Chicago?

aber hast du lust auf diese diskussion? gott, bei mir klingt das, als würdest du einen mord gestehen, tut mir leid. ich glaube eigentlich nicht, dass es eine große sache ist. ich meine, einige an meiner schule wissen, dass ich fanfic schreibe, aber sie kennen meinen nutzernamen nicht, denn die tussen müssen ja nichts von meiner kleinen schwäche erfahren.

nein, ich war noch nie auf so einem treffen. es gibt da eine person, die oft dort ist und der ich nicht wirklich über den weg laufen möchte. das ist eine lange geschichte. nichts dramatisches, oder so. es wäre mir einfach nur unangenehm. sind diese treffen nicht außerdem abartig teuer? ich habe mir gerade eine espressomaschine für 300 dollar geleistet, daher sollte ich mein geld in diesem monat wohl zusammenhalten.

Von: Finn Bartlett <finn.a.bartlett@gmail.com>
An: Genevieve Goldman <ggoldman@stoneyhall.edu>
Datum: Mittwoch, 26. März 23:25
Betreff: Re: Fantreffen in Chicago?

Es geht nicht darum, ob es eine GROSSE SACHE ist. Ich weiß, dass es nicht so ist. Aber es ist schon ein merkwürdiges Hobby, um das Kind mal beim Namen zu nennen, und es geht eben um Charlie. Normalerweise zerbreche ich mir nicht den Kopf darüber, was andere von mir halten, aber bei ihm ist es etwas anderes, verstehst du?

... Okay, ich muss es ihm sagen, stimmt's?

Oh mein Gott, ist das blöd. Es wird ihm nichts ausmachen, oder?

Aber wie erklärt man das jemandem, der nicht Teil davon ist? Hi, Charlie, stell dir mal vor, ich zeichne Bilder von fiktiven Personen in fiktiven Situationen für meine Internetfreunde. Das klingt, als würde ich von Pornos reden. Ach, Scheiße.

Von: Genevieve Goldman <ggoldman@stoneyhall.edu>
An: Finn Bartlett <finn.a.bartlett@gmail.com>
Datum: Donnerstag, 27. März 02:27
Betreff: Re: Fantreffen in Chicago?

jaah, die meisten, die von fanfic reden, meinen eigentlich pornos. ich könnte fast wetten, leute außerhalb der fanwelt glauben, dass es eigentlich nur darum geht. danke, 50 shades of grey, gut gemacht.

Von: Finn Bartlett <finn.a.bartlett@gmail.com>
An: Genevieve Goldman <ggoldman@stoneyhall.edu>
Datum: Donnerstag, 27. März 00:23
Betreff: OMG

Ich habe es ihm gesagt.

Von: Genevieve Goldman <ggoldman@stoneyhall.edu>
An: Finn Bartlett <finn.a.bartlett@gmail.com>
Datum: Donnerstag, 27. März 03:39
Betreff: Re: OMG

erzähl mir alles. (das ist keine bitte. ich habe entschieden, dass wir an diesem punkt angelangt sind.)

Von: Finn Bartlett <finn.a.bartlett@gmail.com>
An: Genevieve Goldman <ggoldman@stoneyhall.edu>
Datum: Donnerstag, 27. März 00:58
Betreff: Re: OMG

Die Situation ist momentan völlig angespannt. Vielleicht habe ich ja einen Riesenfehler begangen. Scheiße.

Wir haben die neueste Folge angesehen – Charlie ist Gelegenheitsfan der Serie, keine Ahnung, ob es so etwas überhaupt gibt –, und ich habe erwähnt, dass bald ein Fantreffen stattfinde. Ich glaube, er war erstaunt, dass ich so etwas weiß, denn normalerweise bin ich über solche Veranstaltungen nicht auf dem Laufenden (ich könnte dir beispielsweise nicht sagen, wann die Comic Con ist).

Egal, er hat gefragt, ob ich dorthin wolle, und ich habe geantwortet, dass ich darüber nachdenke. Und da ist er aufgestanden, hat sich an seinen Computer gesetzt und nach Flügen gesucht. Ich dachte schon, ich hätte das große Los gezogen und mein Freund sei der Märchenprinz, da sagt er:

»Zwei Tickets hin und zurück nach Chicago kosten etwa 500 Dollar.«

Er hat geglaubt, ich hätte ihn gern DABEI. Meine Güte, das wäre mir im Traum nicht eingefallen. Ich möchte nicht von Jake schwärmen, während Charlie neben mir sitzt und mich nachsichtig (oder schlimmer, NICHT nachsichtig) ansieht und denkt, ich wäre wie das Mädchen, das auf dem Treffen vor ein paar Jahren auf Toby losgegangen und ihn praktisch an Ort und Stelle flachlegen wollte.

(Ist das eigentlich wirklich passiert oder ist das eine Fanwelt-Legende?)

Wie dem auch sei, ich habe ihm erzählt, dass ich vorhätte, mich dort mit ein paar Internetbekanntschaften zu treffen, und er war VÖLLIG voreingenommen. Woher ich diese Leute kenne? Warum ich überhaupt mit irgendwelchen Leuten aus dem Internet verreisen will? Was, wenn es sich dabei eigentlich um fünfzigjährige Frauenschänder handelt?

(Bist du in Wahrheit ein fünfzigjähriger Frauenschänder?)

Ich habe versucht, ihm meinen Blog und die Fanfic zu erklären, und ihn gefragt, wie gut man eigentlich einen anderen Menschen überhaupt kennen kann, aber Fakt ist, dass er recht hat, wir kennen uns NICHT, und Tylergirl93 und selbst du könnten tatsächlich alles Mögliche sein.

Wie dem auch sei, Charlie schläft jetzt, ich kann nicht schlafen, und ich muss in zwei Stunden arbeiten. Das kann ja heiter werden.

ich

Von: Genevieve Goldman <ggoldman@stoneyhall.edu>
An: Finn Bartlett <finn.a.bartlett@gmail.com>
Datum: Donnerstag, 27. März 04:06
Betreff: Fotobeweis

> bild von mir
>
> kleiner scherz am rande, das ist ein bild von einem grusligen typen, das ich bei google images gefunden habe. das bin ich. beachte das »hi finn«-schild. und ich habe schon mit tylergirl geskypt, es gibt sie wirklich, und sie ist sogar HÜBSCH, was einfach nur zum kotzen ist.
>
> es tut mir so leid, dass die stimmung angespannt ist. aber das wird schon wieder, ja? vielleicht solltest du ihn auf das fantreffen mitnehmen. dann entspannt sich die lage sofort.
>
> aber ja, vielleicht nervt das auch nur unendlich.
>
> ach ja, menschen aus fleisch und blut.

Von: Finn Bartlett <finn.a.bartlett@gmail.com>
An: Genevieve Goldman <ggoldman@stoneyhall.edu>
Datum: Donnerstag, 27. März 01:17
Betreff: Re: Fotobeweis originalgroesse.jpg

> Ich WILL ihn nicht dabeihaben. Dann müsste ich so tun, als läge mir nicht wirklich etwas an der Serie, und was soll das Ganze dann?
>
> Ich glaube, ich fahre mit den Leuten von Tylergirl. So billig bekomme ich es nie wieder.
>
> Kommst du mit? Wie stehen die Chancen, dass du der Person, der du nicht über den Weg laufen willst, überhaupt begegnest? Auf solchen Treffen sind Tausende Menschen. Ich fände es toll, wenn jemand dort wäre, mit dem ich mich verstehe …
>
> Da fällt mir auf, dass ich ja auch ein fünfzigjähriger Spanner sein könnte, der dich zu einem Treffen überreden will. Im Anhang findest du ein Foto von mir mit dem Originalbild zu *Verrückte Welt*, das ich für dich gezeichnet habe.

Von: Genevieve Goldman <ggoldman@stoneyhall.edu>
An: Finn Bartlett <finn.a.bartlett@gmail.com>
Datum: Donnerstag, 27. März 04:24
Betreff: Re: Fotobeweis

> ich denke definitiv darüber nach … wie lange, glaubst du, habe ich zeit, mich zu entscheiden? ich muss erst mal das terminliche klären, schätze ich.
>
> und ich weiß, dass du kein spanner bist. ich habe DICH auf facebook gecheckt, sobald du mir deinen nachnamen verraten hattest. genau genommen bist du mit einer spannerin befreundet. dann kannst du mich jetzt auch adden. goldman, obwohl du das wahrscheinlich schon meiner e-mail-adresse entnommen hast. echt mal, warum hast du mich nicht gecheckt?! du gehörst wohl zu den leuten, die auf der schule nie versucht haben, das e-mail-konto ihrer widersacher zu hacken, oder?

Von: Finn Bartlett <finn.a.bartlett@gmail.com>
An: Genevieve Goldman <ggoldman@stoneyhall.edu>
Datum: Donnerstag, 27. März 01:26
Betreff: Re: Fotobeweis

> Spannerin! Geaddet.
>
> Die Auktion endet bald, daher müssen wir uns so schnell wie möglich entscheiden. Ach, bitte, bitte!!

Von: Genevieve Goldman <ggoldman@stoneyhall.edu>
An: Finn Bartlett <finn.a.bartlett@gmail.com>
Datum: Donnerstag, 27. März 04:27
Betreff: Re: Fotobeweis

> Ich lasse es mir durch den Kopf gehen.

GENA

Zusammengefaltet zwischen den Seiten von *Les Misérables*

An die Absolventen der Stoneyhall Preparatory Academy:

Herzlichen Glückwunsch, Sie haben das Ende Ihrer Highschool-Zeit nun fast erreicht. Wir sind sehr stolz auf Sie alle, und wir sind uns sicher, dass die Fähigkeiten, die Sie hier an der Stoneyhall erworben und gemeistert haben, Ihnen auf dem College und darüber hinaus zu Ihrem allergrößten Vorteil gereichen werden.

Wir würden die Gelegenheit jedoch gern nutzen, um Sie daran zu erinnern, dass das Schuljahr noch nicht ganz vorüber ist! Bitte sorgen Sie dafür, dass Sie während der beiden bevorstehenden Prüfungswochen ausreichend schlafen, essen und vor allem Ihre geistigen Ressourcen voll ausschöpfen! Vergessen Sie nicht, dass Ihnen ein schöner, langer Sommer bevorsteht, in dem Sie vor dem College noch einmal auftanken können.

Gleichzeitig möchten wir den folgenden Absolventen gratulieren, die bereits die Zulassung für die besten Colleges und Universitäten des Landes erhalten haben! Bitte vergessen Sie nicht, die Wand vor dem Sekretariat zu signieren – eine Tradition, seit Neil Radcliffe als Erster unserer Schüler 1932, drei Jahre nach unserer Gründung, in Harvard angenommen wurde.

Robert Abandcus – Princeton University
Sophie Balway – Bromhill University
Magnolia Carson – Lenore College
John Cromwell – Harvard University
Eric Doleweather – Harvard University
Genevieve Goldman – Oakmoor University
Maria Jenkings – Cornell University
Alana Jones – Crestland College
Jane Kenwood – Fairland University
Isaac Levine – Crestland College
Keisha Ojukwo – Yale University
Jasper Quentin – Princeton University
Rebekah Samuels – Stanford University
Tamra Tuller – Harvard University
Martin Victor – Lenore College
Christina Xavier – Harvard University
Joshua Zimmerman – Harvard University

SMS-Chat mit Alanah J.

sie haben meinen beschissenen
namen falsch geschrieben.
7 jahre, mann.

wusste nicht, dass levine
auf dein college kommt

ja, wenn ich aus einsamkeit
mit ihm in die kiste springe,
erschießt du mich, versprochen

lol

dazu bist du als beste
freundin verpflichtet

9. April, 18:19

dann bin ich in rhode island,
süße, und muss einen
auftragskiller engagieren

ja, aber du musst mich
ganz oft besuchen

9. April, 18:26

ja, klar.

Von: Seth Goldman <drjones.fedora@gmail.com>
An: Genevieve Goldman <ggoldman@stoneyhall.edu>
Datum: Donnerstag, 10. April 04:43
Betreff: (kein Betreff)

Hey Käfer,

deine Tante hat mir von Oakmoor erzählt! Glückwunsch, Kleine. Wir sind so stolz auf dich. Ich wette, durch die Vorbereitung auf der Stoneyhall wirst du gleich in der ersten WOCHE Beste in deinem Studiengang!

Freut mich zu hören, dass alles gut ist! Was lernst du in Chemie? Wird das dein neues Hauptfach? Das bleibt ganz dir überlassen, Käfer, wir wollen einfach nur, dass du glücklich wirst. Schreibst du noch Gedichte?

Hast du die Medikamente schon abgesetzt?

Mach weiter so, Käfer! Wir freuen uns schon darauf, mit dir zu reden, sobald unser Telefon wieder funktioniert. Momentan sitze ich in einem Internetcafé in Ruisui im Landkreis Hualien. Wir fotografieren viel! Deine Mom schaut gerade, was wir auf dem Markt in Ruisui noch nicht probiert haben. Keine bewusstseinserweiternden Beeren bisher. :)

Hab dich lieb,
Dad

Von: Genevieve Goldman <ggoldman@stoneyhall.edu>
An: Seth Goldman <drjones.fedora@gmail.com>
Datum: Donnerstag, 10. April 09:02
Betreff: Re: (kein Betreff)

Hi Dad,

wir beschäftigen uns in Chemie vor allem mit Stoffmengenkonzentration. Das ist ziemlich cool. Wusstest du schon, dass das Volumen in der Formel $c_i = n_i/V$ sich auf das Gesamtvolumen der Mischphase *nach* dem Mischvorgang bezieht?

Ich schreibe eigentlich nichts mehr. Ist schon okay so. Bin mit meinen Freundinnen und so beschäftigt. Lassen es krachen. :)

Ich wette, Ruisui ist toll.

Grüß Mom von mir.

Alles Liebe,
Gena

An Johns Wand

Du brachtest mir nicht bei, einen Schlips zu binden.
Deine Shorts sind mir zu lang, scheuern an meiner Haut.
In deinem Schuh könnte gänzlich Platz ich finden.
Bin halb Junge, halb Mädchen, zu schmal gebaut.

Du warst ein Junge. Für dich wurde ich klein.
Jetzt bin ich wütend, als läge es an dir,
dass du nun groß bist, und ich allein.
Du gingst fort, ein Riese, und ich hauchdünn wie Papier.

Wenn ich all deine Sachen trage und mich langsam auflöse,
werden meine Kleider und Träume dann mit mir gehen?
Mir das Haar abzuschneiden, machte mich kalt und böse?
Oder hast du in mir nur keine Zuflucht mehr gesehen?

Ich streife die Sachen ab, lege sie zurück.
Sage, »sich selbst zu belügen, ist das größte Glück«.

SMS-Chat mit John C.

du warst süß als 6-jährige

11. April, 13:09

nein. scheiße. du verarschst mich doch.

ich schwöre, ich habe nicht spioniert. ich habe in der lounge durch die fernsehprogramme gezappt und nach sport gesucht. auf abc family läuft offenbar die wiederholung.

»sport«?! weißt du, leute,
die sport schauen, interessieren
sich im allgemeinen für
eine bestimmte sportart.

ha, also gut. die perfekte
hochzeit, na und

echt?

nee, diese neue
kochshow. besser?

ich habe dich gerade einen
moment lang fast
sympathisch gefunden

komm runter und wir schauen's
uns gemeinsam an

igitt.

dann sehe ich mir wohl
weiter die kleine nina
tinnerman an

timmerman

ernsthaft. du warst wirklich
supersüß

bist du immer noch

gruslig

11. April, 13:22

danke für dein chemiewissen.
ich bin mir sicher,
dad hat's mir abgekauft

11. April, 13:29

solltest du nicht lernen,
anstatt alte sitcoms zu glotzen?

ich überlege, ob du immer noch dieses lispeln hast

oh mann

11. April, 13:41

ja

SMS-Chat mit Alanah J.

hey, beschäftigt?

schon.

kannst du vielleicht rüberkommen und mich ablenken? ich drehe gleich durch wegen der matheprüfung. und anderem scheiß.

11. April, 19:24

jetzt bin ich also gut genug.

was?

11. April, 19:29

was, zur hölle?!

11. April, 19:42

ist es wegen gestern abend?

Von: Genevieve Goldman <ggoldman@stoneyhall.edu>
An: Finn Bartlett <finn.a.bartlett@gmail.com>
Datum: *Keines. Gespeichert in Entwürfe.*
Betreff: Fantreffen

hallöchen finnegan,

das wahre leben ist zum kotzen. sind die tickets für das fantreffen noch …

SMS-Chat mit Michelle Q.

glaubst du, dass jemand meinen namen erkennt?

was?

oder gar mein gesicht?

was?

11. April, 20:52

ist nicht so wichtig

Von: Genevieve Goldman <ggoldman@stoneyhall.edu>
An: Finn Bartlett <finn.a.bartlett@gmail.com>
Datum: Freitag, 11. April 21:04
Betreff: Fantreffen

hallöchen finnegan,

das wahre leben ist zum kotzen. sind die tickets für das fantreffen noch verfügbar? ich bin unbedingt dabei.

ich habe das foto von einem faultier angehängt. einfach so.

gena

Von: Finn Bartlett <finn.a.bartlett@gmail.com>
An: Genevieve Goldman <ggoldman@stoneyhall.edu>
Datum: Samstag, 12. April 21:32
Betreff: Re: Fantreffen

Bitte sag mir, dass du das Foto selbst aufgenommen hast.

Weißt du was, erzähl mir alles IN CHICAGO!!

In einem an Genas Eltern adressierten, nicht abgeschickten Umschlag

Stoneyhall Preparatory Academy

Hiermit wird bestätigt, dass

Genevieve Zeporah Goldman

den Lehrplan nach den Anforderungen der Bildungsbehörde des Bundesstaates Connecticut und dieser Akademie erfolgreich absolviert und damit das

Zeugnis der Allgemeinen Hochschulreife

und alle damit verbundenen Rechte erworben hat.

Samstag, den 21. Mai

Martin Comback
VORSITZENDER DER PRÜFUNGSKOMMISSION

Jean-Luc Aglion
SCHULDIREKTOR

Zweiter Teil

UP BELOW
FANTREFFEN
PROGRAMM

6. Juli

15–17 Uhr: Anmeldung/Check-in und Ausgabe der Eintrittskarte und Geschenktüte – Hotellobby

21 Uhr: Geselliges Beisammensein mit Süßspeisen-Buffet (gern kostümiert!) – Festsaal

7. Juli

9 Uhr: Frühstücks-Fragestunde mit Zack und Toby (nur mit VIP-Ticket) – Lennox-Raum

11 Uhr: Autorenforum: Vorschau auf die vierte Staffel! – Lincoln-Raum

13 Uhr: Mittagessen – Festsaal

14–18 Uhr: Ausstellungsraum geöffnet

19 Uhr: Abendessen – Festsaal

21 Uhr: Fanvideo-Wettbewerb und Preisverleihung – Lennox-Raum

8. Juli

9-12 Uhr: Ausstellungsraum geöffnet

13 Uhr: Mittagessen – Festsaal

14-18 Uhr: Ausstellungsraum geöffnet

14 Uhr: Fotostunde mit den Serienstars (nur mit VIP-Ticket) – Lennox-Raum

16 Uhr: Autogrammstunde mit den Serienstars und der Filmcrew (nur mit VIP-Ticket) – Lennox-Raum

19 Uhr: Abendessen – Festsaal

9. Juli

9 Uhr: Forum mit Carl Casden: Ben Evanson, Held oder Schurke? – Lincoln-Raum
11 Uhr: Forum mit dem Regisseur: Die schockierenden Wendungen der dritten Staffel
13 Uhr: Mittagessen – Festsaal
14-18 Uhr: Ausstellungsraum geöffnet
14 Uhr: Rollenspiel-Adventure – Hotellobby
16 Uhr: Fankunst-Wettbewerb und Preisverleihung – Lennox-Raum
19 Uhr: Abendessen – Festsaal

10. Juli

9 Uhr: Frühstücks-Fragestunde mit Carl Casden (nur mit VIP-Ticket) – Lennox-Raum
11 Uhr: Forum mit Zack Martocchio und Toby Frost: Jake und Tyler in der dritten Staffel und Vorschau auf ihre zukünftige Entwicklung – Festsaal
13 Uhr: Mittagessen – Festsaal
13 Uhr: Privates Mittagessen mit Zack und Toby (nur mit VIP-Ticket) – Lennox-Raum
14-18 Uhr: Ausstellungsraum geöffnet
19 Uhr: Abendessen – Festsaal
21 Uhr: Cocktailparty – Lincoln-Raum

11. Juli

12 Uhr: letzter Check-out

FINN

SMS-Chat mit Eve

das ist doch deine nummer

ja, hier ist vlad,
und wer bist du?

...

lol, hi, ich bin's

bist du hier?!

an der anmeldung.
hier ist's BRECHEND VOLL

treffen wir uns am fahrstuhl.
gelbes kleid.

SMS-Chat mit Gruppe

Mallory: Sind alle hier?

Jen: ja

ja

Sarah: bin in 30 min da

Mallory: BEEIL DICH, DU
KOMMST ZU SPÄT ZUR
ANMELDUNG

Eve: die ist noch 3 Stunden
offen, entspann dich, mallory

SMS-Chat mit Charlie

gut gelandet?

schon eingecheckt. zimmer 258,
falls du mich im
hotel erreichen musst

vermiss dich

ich dich auch!

viel spaß, fangirl!

6. Juli, 17:42 Uhr

danke

nimmst du mich auf den arm?

nein!

6. Juli, 17:50 Uhr

schon deine internetfreunde getroffen?

sie scheinen nett zu sein

gut!

also keine alten männer

alte männer können auch nett sein :p

aber nein

muss mich beeilen, sie simsen gerade

lieb dich!

lieb dich

SMS-Chat mit Gruppe

Sarah: wo treffen wir uns heute abend vorm geselligen beisammensein?

Sarah: ich gehe als tyler

Jen: ich bin jake!

Mallory: äh, ICH gehe als tyler

die hälfte wird sich als tyler verkleiden, oder?

dann ist es doch okay.

Mallory: wir brauchen eine rollenspiel-gruppe. jemand muss evanson sein

Mallory: sarah kann evanson sein

Sarah: ich bin tyler

Mallory: gena, du kannst evanson sein

Eve: lol, nee

Mallory: entweder bist du evanson oder du kannst nicht mitmachen

SMS-Chat mit Eve

wollen wir uns das rollenspiel sparen?

äh, ja.

Ausschnitt aus der Mitschrift des Autorenforums

STU WILSON: Was die dritte Staffel so interessant für uns gemacht hat, war, dass die starke Bindung zwischen Ty und Jake erstmals einer wirklichen Zerreißprobe unterzogen worden ist. Sie haben sich beide außerhalb ihrer Komfortzone bewegt, waren auf sich selbst und auf andere angewiesen, anstatt aufeinander. Und es macht immer viel Spaß, mit solchen Konventionen zu brechen.

MARIAN LITTLE: Aber ich glaube, wir haben ein paar Fans damit verärgert.

SW: Ha! Das kannst du laut sagen. Wir haben einige böse Briefe in dieser Staffel bekommen. Besonders nach dem Brand in der elften Folge. Ich denke, die Leute hatten das Gefühl, dass … wir anders hätten damit umgehen sollen.

[RAUNEN IM PUBLIKUM]

ML: Die Serie hat eine wirklich bewundernswerte Fangemeinde, und es ist uns wichtig, die Fans mit einzubeziehen … und die Handlung so zu gestalten, dass sie den Zuschauern gefällt. Aber Risiken einzugehen, ist auch ein wichtiger Teil unserer Arbeit, und ich hoffe, die Fans glauben uns, dass wir sie dabei nicht vergessen.

Ⓧ

Ⓧ

Von: Finn Bartlett <finn.a.bartlett@gmail.com>
An: Charlie Thomas <dps.dealing.boss@gmail.com>
Datum: Dienstag, 8. Juli 20:36
Betreff: Grüße aus Chicago!

Hey,

oh Mann, ich amüsiere mich prächtig. Ich bin so froh, dass ich auf das Treffen gefahren bin.

Die Mädchen, mit denen ich hier bin, sind – nun ja, irgendwie anstrengend, um ehrlich zu sein. Sie reden ständig darüber, wie heiß Toby Frost sei. Und ich meine, er ist heiß, aber viel mehr gibt's darüber auch nicht zu sagen. Keine Ahnung, ob sie sich so sehr für die Charaktere interessieren wie ich. Weiß nicht. Ich komme mir komisch vor. Ich habe wohl gedacht, dass ich mich hier wie unter Gleichgesinnten fühlen würde (und irgendwie ist das auch so). Aber vielleicht ist so viel Homogenität unter Tausenden Menschen auch zu viel erwartet.

Eve macht da eine Ausnahme. Sie schreibt den Blog, den ich dir gezeigt habe, und sie ist der HAMMER. Sie ist gerade bei mir (wir sind vor einigen der anderen Mädchen in unserer Gruppe geflüchtet, schauen *Up Below* und stopfen jede Menge Twizzlers in uns hinein). Sie spricht einen von Evansons Monologen live mit, und das ist SUPERSPEKTAKULÄR UND SAUKOMISCH. Vielleicht liegt es daran, dass ihr Haar ganz zerzaust ist, weil sie auf dem Rückweg von der Sushi-Bar ihren Kopf aus dem Taxifenster gehalten hat. Ich weiß nicht, wie ich es erklären soll. Sie ist toll.

(Alle nennen sie Gena, was ziemlich merkwürdig ist. Das hat sie mir schon in ihren E-Mails geschrieben, aber für mich ist sie immer »Eve« geblieben, und das ist sie jetzt auch.)

Wir haben alle VIP-Tickets und das ist klasse. Ich habe mich mit Zack Martocchio fotografieren lassen, und er hat ein Bild signiert, das ich von ihm gezeichnet habe. Ich glaube, er war wirklich beeindruckt!

Aber etwas ist seltsam. Eve hat alle VIP-Veranstaltungen sausen lassen. Erst hat sie die Fragestunde mit Zack und Toby ausgelassen, wo man sich tatsächlich mit den beiden unterhalten konnte (ich musste neben Mallory sitzen, die unglaublich nervig ist), und dann wollte sie nicht mal zur Fotostunde. Keine Ahnung, was das soll.

Sei's drum, danke, dass du so viel Verständnis dafür aufgebracht hast, dass ich hierherfahren wollte. Ich habe eine superschöne Zeit.

Lieb dich, vermiss dich, bis bald,
ich

Von: Charlie Thomas <dps.dealing.boss@gmail.com>
An: Finn Bartlett <finn.a.bartlett@gmail.com>
Datum: Dienstag, 8. Juli 19:12
Betreff: Re: Grüße aus Chicago!

Freut mich, dass es dir so gut gefällt! Wo wohnt Eve denn? Vielleicht könnt ihr euch ja auch in Zukunft besuchen.

Klingt so, als wäre sie einfach nicht so von der Welt der Stars und Sternchen fasziniert wie du. Ich würde nicht zu viel hineininterpretieren.

Lieb dich!
Charlie

Von: Finn Bartlett <finn.a.bartlett@gmail.com>
An: Charlie Thomas <dps.dealing.boss@gmail.com>
Datum: Dienstag, 8. Juli 21:40
Betreff: Re: Grüße aus Chicago!

Ich bin NICHT von der Welt der Stars und Sternchen fasziniert.

Blödmann :P

ich

AUSSCHNITT AUS DER MITSCHRIFT DES FORUMS MIT ZACK MARTOCCHIO UND TOBY FROST

TOBY FROST: Zack hingegen … Zack kann auf eine lange, glanzvolle Karriere zurückblicken.

ZACK MARTOCCHIO: Halt die Klappe, Mann.

TF: Was denn? Ich bin stolz auf das, was du geschafft hast, darf ich das nicht sagen?

ZM: Du bist ein Depp.

TF: Ich bin ein *Partner*, der dir *zur Seite steht*.

[PUBLIKUM LACHT.]

TF: Sind Fans von *Man of the House* hier? Mensch, das war eine irre Serie, oder?

[PUBLIKUM JOHLT.]

TF: Ich bin auch ein Fan. Reden wir über *Man of the House*!

ZM: Es ist keiner hier, mit dem du darüber reden könntest.

TF: Alter, hast du sie nicht gesehen?

ZM: Wen?

TF: Dort hinten. Ist das nicht Genny Goldman?

ZM: … Genny?

[PUBLIKUM WENDET SICH UM, WÄHREND DAS MÄDCHEN ZUR HINTERTÜR HINAUSHASTET. ZACK FOLGT IHR KURZ DARAUF.]

TF: Äh … Wer möchte hören, wie Carl Casden mit dem Golfmobil in eine Snackbar gekracht ist?

SMS-Chat mit Gruppe

Mallory: WOHER KENNST DU TOBY?

Sarah: kannst du uns bekanntmachen?

Jen: omg, was ist gerade passiert?

eve, geht's dir gut?

Von: Finn Bartlett <finn.a.bartlett@gmail.com>
An: Charlie Thomas <dps.dealing.boss@gmail.com>
Datum: Donnerstag, 10. Juli 15:16
Betreff: Drama

Du wirst nicht glauben, was heute passiert ist. Es ist unfassbar.

Wir waren beim Forum mit Zack und Toby (wo die Stars über die Serie und ihre Rollen reden und Publikumsfragen beantworten). Ein Mädchen wollte wissen, was die beiden machen würden, wenn sie nicht bei *Up Below* mitspielen würden, woraufhin Toby auf Zacks ehemalige Rollen zu sprechen kam. Wie du wahrscheinlich weißt, hatte er eine der Hauptrollen in *Man of the House*, als wir noch klein waren.

Doch dann hat Toby plötzlich auf die hinteren Reihen gedeutet – ich schwöre, ich habe gedacht, er zeigt auf mich – und gesagt, ist das nicht Genny Goldman? Und Eve ist aufgesprungen, wie von einer Tarantel gestochen, und aus dem Raum gerannt. Seitdem habe ich sie nicht mehr zu Gesicht bekommen.

Von: Charlie Thomas <dps.dealing.boss@gmail.com>
An: Finn Bartlett <finn.a.bartlett@gmail.com>
Datum: Donnerstag, 10. Juli 15:22
Betreff: Re: Drama

Hab's gerade gegoogelt. Genny Goldman hat in *Man of the House* die Rolle der kleinen Schwester gespielt. Ist sie das?

Von: Finn Bartlett <finn.a.bartlett@gmail.com>
An: Charlie Thomas <dps.dealing.boss@gmail.com>
Datum: Donnerstag, 10. Juli 17:34
Betreff: Re: Drama

… ich werd verrückt.

tut mir leid, dass ich
abgehauen bin. sauer?

nein, komm zurück. okay?

muss dir was sagen.

schon gut, ich weiß es.

10. Juli, 20:20

willst du die cocktailparty
ausfallen lassen?

müssen wir darüber reden?

nicht, wenn du nicht willst

okay

komm in mein zimmer

schon auf dem weg.
hab dich lieb.

GENA/FINN

Genevieve: hey, ich bin wieder zu hause

oder besser gesagt in der illustren hütte meiner tante und meines onkels

Finn: ich auch. wenn auch weder illuster, noch onkel und tante.

Genevieve: sie haben sieben hunde

ich mag hunde

aber alles zu seiner zeit

offenbar haben sie beschlossen, dass sie keine zeit zu verlieren haben.

Finn: ich verstehe, was du mit illuster meinst

Genevieve: genau

Gesendet 23:05 am Dienstag

Finn: sag mal ... geht's dir gut?

Genevieve: ja

es ist so seltsam

ich meine, ich gehe schon fast mein halbes leben auf dieselbe schule

ein kinderstar zu sein, war eine große sache ... etwa drei tage lang vor sieben jahren

Finn: er hätte dich nicht vor allen ansprechen sollen

Genevieve: wenigstens war es nicht zack

Finn: es war süß, dass er dir nachgegangen ist

Genevieve: er war schon immer nett

ich könnte dir viele geschichten erzählen

er hat sich wirklich um mich gekümmert. es war eine schlimme zeit in meinem leben

Finn: ich bin mallory beim check-out begegnet, und sie war SO BEDIENT, weil sie nicht wusste, was los ist

Genevieve: ha, ich bin mir sicher, dass sie es rauskriegt.

ich nehme an, du erinnerst dich nicht mehr an ninas peinlichen abgang aus *man of the house*

Finn: ich kann mich daran erinnern, dass ich mich gefragt habe, warum sie nicht mehr mitspielt. ich habe die folge verpasst, in der das erklärt worden ist.

Genevieve: es hat nicht einmal eine folge gedauert, nur fünf minuten vor der ersten werbepause

es hieß, ich würde eine schminkschule besuchen

und zack musste sagen: »supersache, sie hat es nötig!«

lachkonserve

Finn: … schminkschule?

Genevieve: echt, oder?

Finn: wie alt warst du, vier?

Genevieve: neun, um genau zu sein, aber leuchtet natürlich ein, oder?

alles für einen schnellen lacher

die serie hatte tolle autoren. im vergleich dazu ist *up below* emmyverdächtig

Finn: das ist doch blödsinn

warum musstest du wirklich gehen?

Genevieve: halluzinationen. außerdem habe ich eine schere aus der garderobe mitgehen lassen und mir die haare in der jungsgarderobe abgeschnitten.

keiner kann so etwas am set gebrauchen.

dass jemand durchdreht, nicht die abgeschnittenen haare, obwohl die natürlich auch jemand aufkehren musste. ich denke IMMERZU daran. alles wurde vertuscht. es wäre sehr peinlich gewesen, für die serie, für meine eltern.

Finn: das ist heftig …

Genevieve: ja

ich meine, ich bin dankbar für die serie und so. hat das schulgeld bezahlt und meinen eltern das lang erträumte vagabundenleben ermöglicht

und ich habe auch schöne erinnerungen daran

aber jedes mal, wenn ich die bescheuerte titelmelodie höre, erinnere ich mich daran, wie sehr alles in meinem kopf verquer gehen kann.

Finn: du hast absolut nicht so gewirkt, als wäre es eine positive erfahrung für dich gewesen

Genevieve: wann, im hotel?

da habe ich wahrscheinlich überdramatisiert

Finn: ich meine, ich habe mir sorgen gemacht

Genevieve: ich weiß, tut mir leid. hat mich einfach auf dem falschen fuß erwischt. du hast mir geholfen

Finn: gut

Genevieve: echt, vielen dank.

ich habe im moment niemanden, mit dem ich darüber sprechen könnte

alanah redet immer noch nicht mit mir

Finn: was hat sie für ein problem?

Genevieve: ach, es ist so doof

wir haben zusammen geburtstag

na ja, mit einem tag unterschied, aber egal

Finn: verstehe

Genevieve: wir sind seit der siebten klasse befreundet

und daher feiern wir jedes jahr zusammen

als wir kleiner waren, haben wir eine pyjama-party in ihrem wohnheim geschmissen, wahrheit oder pflicht gespielt, alles unter strenger aufsicht und so

und später haben wir uns heimlich davongeschlichen, uns betrunken (sie), arrest aufgebrummt bekommen (wir beide) und lauter so tolle sachen

alles sehr … exklusiv. wie glitzer, der überall ist, und den man nicht abkriegt.

sie hat mich gefragt, was wir nächstes jahr zu unserem geburtstag machen

erstens mal ist der erst im november

also noch lange hin

Finn: da seid ihr schon auf dem college?

Genevieve: genau

ich bin in rhode island

sie in VIRGINIA

Finn: na ja …

ich meine, ich verstehe dich ja, aber das ist doch nur einen katzensprung entfernt, oder?

Genevieve: was???

nein, nein, nein

du hast keine ahnung von der ostküste, oder

Finn: ich weiß, dass die ostküstenstaaten so groß wie briefmarken sind

winzig klein

Genevieve: ja, aber es sind eine menge

es sind etwa sieben stunden

Finn: wie viele staaten voneinander entfernt?

Genevieve: rhode island, connecticut, new york, new jersey, pennsylvania, delaware, maryland, virginia

Finn: LOL! acht staaten in acht stunden

Genevieve: du glaubst wohl, wir hätten komplexe, weil unsere staaten so klein sind

da stehen wir drüber

Finn: nein, das ist süß. gut für euch

Genevieve: du bist ätzend

Finn: du hast mich lieb

Genevieve: VIELLEICHT

egal, das war mehr oder weniger meine antwort

sieben stunden

und sie nur

»heißt das, du wirst keine party für mich schmeißen?«

und seit wann ICH für SIE eine party schmeiße, würde mich auch mal interessieren

na ja, dann ist es auf einmal darum gegangen, ob ich glaube, meine schule sei besser als ihre oder so

Finn: ist sie?

Genevieve: na schon, aber ich hätte nicht gedacht, dass sie das juckt

aber nun stellt sie es so hin und behauptet, es wäre mir egal, ob sie eine party habe, weil sie sowieso auf eine partyschule gehe

und dann hat sie mir auf die schuhe gekotzt

deshalb musste ich auf dem fantreffen die ganze zeit die hässlichen tragen

Finn: ... da komme ich nicht ganz mit

Genevieve: ich auch nicht.

Finn: tut mir leid

das ist echt nervig

Genevieve: ich meine … sei's drum. sie ist ein kind.

sie wird wohl niemals erwachsen werden.

es liegt also am college, weißt du, größer und besser.

Finn: rede mit ihr. vielleicht schämt sie sich und weiß nicht, wie sie dir das sagen soll

Genevieve: ja, ich will ihr schon die ganze woche vom fantreffen erzählen. es irgendjemandem erzählen.

kann ich dir was dummes sagen?

Finn: nur zu

Genevieve: ich war so neidisch, als du charlie die ganze zeit gemailt hast

na ja … weil ich mir wahrscheinlich wünsche, ich hätte auch jemanden, mit dem ich alles bequatschen könnte

Finn: kann ich dir was dummes sagen?

Genevieve: selbst vor unserem streit habe ich nie über etwas ernsthaftes mit alanah geredet

ja

Finn: ich habe ihm in meinen e-mails von dir erzählt

Genevieve: mach keinen scheiß

was sagst du da?

ist es um meine nase gegangen, die werde ich eines tages richten lassen

wem will ich da etwas vormachen, werde ich absolut nicht

ich und mein zinken, bis dass der tod uns scheidet

Finn: ja, lass das bitte bleiben. schau nur, wie es deiner tollen jennifer grey ergangen ist

Genevieve: äh, schön wär's

Finn: sagt die berühmte schauspielerin, die mit ZACK MARTOCCHIO gedreht hat

Genevieve: ja, das meine ich ja. es wäre schön, kurz einen megahit zu landen und dann in der versenkung zu verschwinden

ich bin ihr sogar mal begegnet

Finn: JETZT HÖR ABER AUF

Genevieve: ja, obwohl ich mich nicht mehr daran erinnern kann

aber ich habe ein foto mit ihr. mom hat erzählt, dass ich geweint habe

Finn: warst du da noch klein?

Genevieve: ja, fünf oder sechs

ich bin aus der serie ausgestiegen, als ich neun war, und seitdem habe ich nichts mehr gedreht

mein agent schreibt mir manchmal e-mails

Finn: ja? denkst du, du wirst jemals wieder einsteigen?

Genevieve: nein

ich mag mein leben

Finn: cool

Genevieve: ich werde kinderpsychologin und werde allen eltern eine reinhauen, die ihre kids ins showbusiness stecken wollen

Finn: dann ist es wahrscheinlich seltsam, oder?

ich meine ... ein fan von jake zu sein, wo du zack doch quasi kennst

Genevieve: oh gott, superseltsam, das kannst du dir gar nicht vorstellen

habe ich dir erzählt, wie ich die erste folge gesehen habe?

Finn: nein

Genevieve: also, lea, die war ein jahr über mir, hat ihren abschluss gemacht und ist aufs sarah lawrence college gegangen

sie war meine mathetutorin, und ich bin zu ihr ins wohnheim, und sie sagt, komm rein, meine serie ist gleich zu ende

das war mitten in der ersten staffel, weißt du, die folge, in der jake undercover als feuerwehrmann arbeitet. lol, diese serie ist manchmal echt unfassbar

Finn: oh, die folge, als er den kratzer unter dem auge hatte?

Genevieve: ja, wir sind kein bisschen gestört.

das war jedenfalls nach dem kratzer, der teil, in dem er für den rest der folge mit einem helm herumgelaufen ist

Finn: okay

Genevieve: und in den letzten szenen ist er kaum noch aufgetaucht, nur noch tyler und nicola

Finn: igitt, nicola

Genevieve: ich weiß, ich begreife nicht, warum mich das nicht sofort abgeschreckt hat

aber hat es nicht, und da hat es mich gepackt, und in der woche darauf bin ich ein bisschen zu früh in leas wohnheim aufgekreuzt, damit ich länger zuschauen kann

oh, und ich hatte mir die ganze woche über fanfic reingezogen, weil offensichtlich ...

Finn: moment mal

du hast die fic gelesen, ohne je eine vollständige folge gesehen zu haben?

Genevieve: ja

Finn: unglaublich, erzähl weiter

Genevieve: ich stehe wirklich auf fanfic, lol

ich gehe also in ihr wohnheim

und stelle fest, dass es ZACK ist.

und ich so, ach scheiße, was soll DAS denn jetzt.

aber da war es schon zu spät, verstehst du?

also versuche ich, das so weit wie möglich voneinander zu trennen

aber das ist wirklich schwierig, denn die ganze zeit bin ich so ... oh mein gott, jake, du hast schmerzen, komm in meine arme

und innerlich denke ich, ja, so sieht zack WIRKLICH aus, wenn er weint.

Finn: ... ist es schlimm, dass mir diese enthüllung gefällt

Genevieve: was glaubst du denn, warum ich dir das erzählt habe?

Finn: du bist super

Genevieve: danke, meine liebe

er ist ein cooler typ. aber es ist trotzdem manchmal krass

etwa, wenn die jakegirls sich darüber auslassen, wie heiß er ist, dann denke ich WIE EKELHAFT, DAS IST MEIN BRUDER und gleichzeitig ist er so heiß, hol mich der teufel

aber als es mir wirklich schlecht ging, da hat er sich um mich gekümmert

er ist einfach ein guter mensch

ich glaube, zack hat es vor allen anderen gemerkt

Finn: ja?

wie war das?

Genevieve: als ob sich alles verdunkelt

nicht im wörtlichen sinn

man kann noch sehen, aber irgendetwas sagt dir, dass es nicht von bedeutung ist

dass nichts von bedeutung ist

du bist in einem schwarzweißen kasten, in dem dir alles egal ist

und dann sind da diese stimmen und diese tiere, die nicht aussehen wie tiere, und die SO grell sind

oder so ähnlich. ist schon lange her.

egal, an was ich mich am besten erinnern kann, weil es im nachhinein so peinlich ist,

ist, dass ich die ganze zeit feuer gesehen habe, ich war am set und habe mir eingebildet, dass irgendetwas brennt

ich habe einen haufen ärger gemacht, denn ich bin ständig durchgedreht, habe feueralarm ausgelöst, das studio unter wasser gesetzt und so zeug, obwohl eigentlich alles in bester ordnung war. alle haben geglaubt, ich sei einfach eine nervige göre

ich habe überall feuer gesehen

nach einer weile war es jedoch klar, dass ich ganz offensichtlich ein problem hatte, ehrlich gesagt drohte auch ein rechtsstreit, und dann haben die produzenten gesagt, die serie würde sich in eine andere richtung entwickeln

damit war die serie für mich gelaufen, meine routine war weg, meine freunde waren weg, und dann ist es einfach ...

ich weiß wirklich nicht, wie ich das erklären soll.

Finn: musst du auch nicht

Genevieve: tut mir leid.

Finn: nein, mir tut es leid

Genevieve: ich weiß, dass keiner so etwas gern hört

meine freunde hier wissen gar nicht, wie sie damit umgehen sollen

Finn: hey, nein, so ist es nicht

ich will dich einfach nur nicht dazu drängen, über etwas zu reden, das so schwer für dich ist. das ist alles

Genevieve: vielleicht wäre es auch gar nicht mehr so schwer, wenn ich gelernt hätte, darüber zu sprechen, verstehst du?

Finn: ja

Genevieve: wenn es um das thema geht, fragen meine eltern bloß, ob ich meine medikamente schon abgesetzt habe

das ist quasi auch alles, was meine bescheuerte psychiaterin wissen will

und was meine freunde betrifft, sobald jemand sagt »wow, mein biolehrer ist ein psycho«, verstummen sie plötzlich und schielen mich aus dem augenwinkel an, ob ich in tränen ausbreche oder so

denn offenbar hätten sie kein problem damit, wenn ich mich auffällig benehmen würde, aber ich darf nicht darüber reden, als wäre es keine große sache, was es ja auch wirklich nicht mehr ist. es ist schon so lange her.

und daher rede ich überhaupt nicht darüber

was auch okay ist.

Finn: na ja … ich will nicht so tun, als wüsste ich, wie ich dir helfen kann oder was ich sagen soll

aber ich kann gut zuhören

und mir liegt etwas an dir. wenn dir das nicht unangenehm ist

also … wenn du irgendetwas brauchst

und sei es nur, dass du darüber reden willst, wie perfekt jake ist, bin ich immer für dich da

Gesendet 23:54 am Dienstag

Genevieve: hey.

ich mag dich.

Finn: ich mag dich auch.

Genevieve: wie läuft's mit charlie?

Finn: im westen nichts neues

keine rede mehr von heiraten

Genevieve: und wie füüüüühlst du dich damit

Finn: lol. erleichtert. vielleicht bin ich aus dem schneider

Genevieve: ich drücke die daumen

wie geht es ihm damit, dass du ein fangirl bist?

Gesendet 23:58 am Dienstag

Finn: viele witze auf meine kosten

als würde er es akzeptieren, solange er mich damit ein bisschen aufziehen kann

aber es ist nicht bösartig, also komme ich damit klar

Genevieve: gut

:)

okay, ich muss jetzt mit einem der hunde raus

SCHEISSE, nein warte

finn, ach, du scheiße

Finn: was?!

Genevieve: ich habe eine mail von zack

Finn: LECK MICH AM ARSCH. details.

Genevieve: ich habe sie noch nicht geöffnet, ich habe angst

… wovor, zur hölle, habe ich eigentlich angst

oh mein gott, finn, weißt du, was ich gerade mache

Finn: aaaah, ich muss zur arbeit, SCHREIB MIR EINE SMS

Genevieve: ich kriege gerade eine bescheuerte FANGIRL-KRISE WEGEN ZACK MARTOCCHIO

genevieve, was ist nur aus dir geworden

okay, geh zur arbeit, ich leite sie dir weiter

schreibe dir umgehend

küsschen

Finn: küsschen

GENA/ZACK

Von: Zack Martocchio <zackm@upbelow.com>
An: Genevieve Goldman <genazeporah@gmail.com>
Datum: Donnerstag, 17. Juli 12:01
Betreff: Tut mir leid :(

> Hallo Genevieve,
>
> ich habe deine E-Mail-Adresse von Kyle. Ich hoffe, das ist okay für dich? Ich wollte mir deine Kontaktdaten schon auf dem Fantreffen geben lassen, aber es war so stressig.
>
> Toby fühlt sich total beschissen, weil er dich so vorgeführt hat. Dafür habe ich schon gesorgt, das kannst du mir glauben. Er hat wohl gedacht, du wärst dagewesen, um bemerkt zu werden. Mich hat er vorher natürlich nicht nach meiner Meinung gefragt. Ich hätte ihm erzählt, dass seit Ewigkeiten keiner mehr etwas von dir gehört hat.
>
> Mal ganz abgesehen davon, dass du es schon damals nicht ausstehen konntest, wenn dich jemand Genny genannt hat.
>
> Geht es dir gut?
> Z

Von: Genevieve Goldman <genazeporah@gmail.com>
An: Zack Martocchio <zackm@upbelow.com>
Datum: Donnerstag, 17. Juli 13:00
Betreff: Mir auch :(

> Hi,
>
> es geht mir gut. Ich schäme mich, vor allem, weil ich eine Szene gemacht und dich veranlasst habe, mir nachzulaufen.
>
> Außerdem, weil ich ein albernes Fangirl deiner Serie bin.

Von: Zack Martocchio <zackm@upbelow.com>
An: Genevieve Goldman <genazeporah@gmail.com>
Datum: Donnerstag, 17. Juli 13:11
Betreff: <3

> Ich mag alberne Fangirls.
>
> Weißt du, die anderen fragen mich die ganze Zeit nach dir.

Von: Genevieve Goldman <genazeporah@gmail.com>
An: Zack Martocchio <zackm@upbelow.com>
Datum: Donnerstag, 17. Juli 13:15
Betreff: Re: <3

> Wer?

Von: Zack Martocchio <zackm@upbelow.com>
An: Genevieve Goldman <genazeporah@gmail.com>
Datum: Donnerstag, 17. Juli 13:18
Betreff: Re: <3

> Mia, Katherine, Tyson, Carter. Und das sind nur die, zu denen ich noch Kontakt habe.

Von: Genevieve Goldman <genazeporah@gmail.com>
An: Zack Martocchio <zackm@upbelow.com>
Datum: Donnerstag, 17. Juli 13:21
Betreff: Re: <3

> Ja, ich habe vor fünf Jahren die Sonderfolge gesehen, in der ihr alle wiedervereint wart. War nett. Hattest übrigens eine hübsche Frisur damals.

Von: Zack Martocchio <zackm@upbelow.com>
An: Genevieve Goldman <genazeporah@gmail.com>
Datum: Donnerstag, 17. Juli 13:22
Betreff: :$

> Oh Gott, das war meine Falscher-Iro-Phase, oder?

Von: Genevieve Goldman <genazeporah@gmail.com>
An: Zack Martocchio <zackm@upbelow.com>
Datum: Donnerstag, 17. Juli 13:23
Betreff: XD

> Ja, du sahst aus, wie einer Boygroup entsprungen.

Von: Zack Martocchio <zackm@upbelow.com>
An: Genevieve Goldman <genazeporah@gmail.com>
Datum: Donnerstag, 17. Juli 13:24
Betreff: <:-|

> Ich musste tatsächlich an dich denken, als sie mir den Haarschnitt verpasst haben. Und den aus der zweiten Staffel von *UB*.

Von: Genevieve Goldman <genazeporah@gmail.com>
An: Zack Martocchio <zackm@upbelow.com>
Datum: Donnerstag, 17. Juli 13:25
Betreff: XD XD XD

> Hör auf, ich kann vor Lachen nicht mehr tippen.

Von: Zack Martocchio <zackm@upbelow.com>
An: Genevieve Goldman <genazeporah@gmail.com>
Datum: Donnerstag, 17. Juli 13:27
Betreff: ;)

> Echt, ich habe mich im Spiegel betrachtet und gedacht … Darüber hätte sich Gena nicht mehr eingekriegt.

Von: Genevieve Goldman <genazeporah@gmail.com>
An: Zack Martocchio <zackm@upbelow.com>
Datum: Donnerstag, 17. Juli 13:28
Betreff: :-O

> Ich kann irgendwie nicht so recht glauben, dass du immer noch an mich denkst. Mann, ich bin gerade so peinlich. Omg, Jake denkt an mich! Ich fasse es nicht.

Von: Zack Martocchio <zackm@upbelow.com>
An: Genevieve Goldman <genazeporah@gmail.com>
Datum: Donnerstag, 17. Juli 13:34
Betreff: :-/

> Haben sie dich überhaupt zur Wiedervereinigungs-Folge eingeladen?

Von: Genevieve Goldman <genazeporah@gmail.com>
An: Zack Martocchio <zackm@upbelow.com>
Datum: Donnerstag, 17. Juli 13:40
Betreff: :P

> Louis hat mir eine Nachricht hinterlassen. Ich habe nicht darauf geantwortet und sie haben die Sache auf sich beruhen lassen.

Von: Zack Martocchio <zackm@upbelow.com>
An: Genevieve Goldman <genazeporah@gmail.com>
Datum: Donnerstag, 17. Juli 13:58
Betreff: :(

> Hey, Gena, hasst du mich?

Von: Genevieve Goldman <genazeporah@gmail.com>
An: Zack Martocchio <zackm@upbelow.com>
Datum: Donnerstag, 17. Juli 14:04
Betreff: Re: :(

> Wie bitte?! Hast du nicht mitgekriegt, dass ich gerade einen Batzen Geld investiert habe, um inmitten einer Meute schwitzender Mädchen zu stehen, die deinen Namen kreischen?

Von: Zack Martocchio <zackm@upbelow.com>
An: Genevieve Goldman <genazeporah@gmail.com>
Datum: Donnerstag, 17. Juli 14:10
Betreff: Re: :(

> Ich habe die Wiedervereinigungs-Folge ohne dich gedreht. Und ich habe mir nie die Mühe gemacht, dich ausfindig zu machen.

Von: Genevieve Goldman <genazeporah@gmail.com>
An: Zack Martocchio <zackm@upbelow.com>
Datum: Donnerstag, 17. Juli 14:15
Betreff: Re: :(

> Ich wollte nicht gefunden werden. Wir sind weggezogen, ich wurde mit Medikamenten vollgestopft und in ein Internat gesteckt. Neustart und so, und alle konnten die Sache vergessen.

VON: ZACK MARTOCCHIO <ZACKM@UPBELOW.COM>
AN: GENEVIEVE GOLDMAN <GENAZEPORAH@GMAIL.COM>
DATUM: DONNERSTAG, 17. JULI 14:22
BETREFF: RE: :(

> Wenn ich mich mehr bemüht hätte, wäre es vielleicht nicht so schlimm geworden und du hättest dabeibleiben können.

VON: GENEVIEVE GOLDMAN <GENAZEPORAH@GMAIL.COM>
AN: ZACK MARTOCCHIO <ZACKM@UPBELOW.COM>
DATUM: DONNERSTAG, 17. JULI 14:24
BETREFF: RE: :(

> Mehr worum bemüht?

VON: ZACK MARTOCCHIO <ZACKM@UPBELOW.COM>
AN: GENEVIEVE GOLDMAN <GENAZEPORAH@GMAIL.COM>
DATUM: DONNERSTAG, 17. JULI 14:24
BETREFF: RE: :(

> Mich um dich zu kümmern. Weißt du. Kleine Schwester.

VON: GENEVIEVE GOLDMAN <GENAZEPORAH@GMAIL.COM>
AN: ZACK MARTOCCHIO <ZACKM@UPBELOW.COM>
DATUM: DONNERSTAG, 17. JULI 14:29
BETREFF: :)

> Ach, werd jetzt bloß nicht sentimental. Ich kann förmlich SPÜREN, dass du genauso aus der Wäsche blickst, wie in dem Moment, als Tyler dir erzählt hat, dass er im Gefängnis verprügelt worden ist.
>
> So funktioniert das nicht. Es sind chemische Prozesse. Sie sind stärker als wir.

VON: ZACK MARTOCCHIO <ZACKM@UPBELOW.COM>
AN: GENEVIEVE GOLDMAN <GENAZEPORAH@GMAIL.COM>
DATUM: DONNERSTAG, 17. JULI 14:38
BETREFF: RE: :)

> Ich habe mir eingeredet, dass du die Serie nicht verfolgst. Die neue.

Von: Genevieve Goldman <genazeporah@gmail.com>
An: Zack Martocchio <zackm@upbelow.com>
Datum: Donnerstag, 17. Juli 14:39
Betreff: Re: :)

> Warum?

Von: Zack Martocchio <zackm@upbelow.com>
An: Genevieve Goldman <genazeporah@gmail.com>
Datum: Donnerstag, 17. Juli 14:46
Betreff: (kein Betreff)

> Ich wollte mir nicht vorstellen, dass du mich sehen musst.

Von: Genevieve Goldman <genazeporah@gmail.com>
An: Zack Martocchio <zackm@upbelow.com>
Datum: Donnerstag, 17. Juli 14:52
Betreff: Re: (kein Betreff)

> Scheiße, Zack.

Von: Zack Martocchio <zackm@upbelow.com>
An: Genevieve Goldman <genazeporah@gmail.com>
Datum: Donnerstag, 17. Juli 14:55
Betreff: Re: (kein Betreff)

> Dir ging es beschissen. Auch wenn ich nicht verstanden habe, was das bedeutet hat und warum du irgendwelche Dinge gesehen hast, hätte ich etwas unternehmen sollen, um dir zu helfen.

Von: Genevieve Goldman <genazeporah@gmail.com>
An: Zack Martocchio <zackm@upbelow.com>
Datum: Donnerstag, 17. Juli 14:59
Betreff: :P

> Meistens habe ich Feuer gesehen. Und du warst ein Kind. Und du hast mir Karten mit Glitzerleim gebastelt.

Von: Zack Martocchio <zackm@upbelow.com>
An: Genevieve Goldman <genazeporah@gmail.com>
Datum: Donnerstag, 17. Juli 15:04
Betreff: Re: :P

> Richtig, und selig sind die Kinder, denn sie wissen nicht, was sie tun.
>
> Ich hätte etwas unternehmen sollen.

Von: Genevieve Goldman <genazeporah@gmail.com>
An: Zack Martocchio <zackm@upbelow.com>
Datum: Donnerstag, 17. Juli 15:08
Betreff: Re: :P

> Mir gefällt deine Serie.
>
> Ich sehe dir gern zu.
>
> Und mir gefällt die bescheuerte Handlung, was treibt ihr da eigentlich die ganze Zeit.

Von: Zack Martocchio <zackm@upbelow.com>
An: Genevieve Goldman <genazeporah@gmail.com>
Datum: Donnerstag, 17. Juli 15:12
Betreff: Re: :P

> Einer der Autoren wird in der nächsten Folge gefeuert. Aber pst.

Von: Genevieve Goldman <genazeporah@gmail.com>
An: Zack Martocchio <zackm@upbelow.com>
Datum: Donnerstag, 17. Juli 15:13
Betreff: Re: :P

> Mann, ich vermisse den Tratsch am Set total.

Von: Zack Martocchio <zackm@upbelow.com>
An: Genevieve Goldman <genazeporah@gmail.com>
Datum: Donnerstag, 17. Juli 15:16
Betreff: Re: :P

> Wie geht's Naomi und Seth?

Von: Genevieve Goldman <genazeporah@gmail.com>
An: Zack Martocchio <zackm@upbelow.com>
Datum: Donnerstag, 17. Juli 15:18
Betreff: Re: :P

> Bewegen sich derzeit in westafrikanischen Gefilden.

Von: Zack Martocchio <zackm@upbelow.com>
An: Genevieve Goldman <genazeporah@gmail.com>
Datum: Donnerstag, 17. Juli 15:19
Betreff: Re: :P

> Sieht ihnen ähnlich.
>
> Also haben sie dich nie dazu gedrängt, noch einmal vor die Kamera zu treten?

Von: Genevieve Goldman <genazeporah@gmail.com>
An: Zack Martocchio <zackm@upbelow.com>
Datum: Donnerstag, 17. Juli 15:21
Betreff: Haha

> Meine Seelenklempnerin hätte sie um die Ecke gebracht.

Von: Zack Martocchio <zackm@upbelow.com>
An: Genevieve Goldman <genazeporah@gmail.com>
Datum: Donnerstag, 17. Juli 15:23
Betreff: >:)

> Seelenklempner sollten wahrscheinlich alle Eltern kaltmachen, die ihre Kinder ins Showbiz stecken.

Von: Genevieve Goldman <genazeporah@gmail.com>
An: Zack Martocchio <zackm@upbelow.com>
Datum: Donnerstag, 17. Juli 15:25
Betreff: *\O/*

> Ha, ich habe gerade meiner besten Freundin erzählt, dass ich das im Grunde genommen als Hauptfach studieren will. Fange im Herbst mit dem College an.

Von: Zack Martocchio <zackm@upbelow.com>
An: Genevieve Goldman <genazeporah@gmail.com>
Datum: Donnerstag, 17. Juli 15:26
Betreff: :D

> SCHÖN. Aufgeregt?

Von: Genevieve Goldman <genazeporah@gmail.com>
An: Zack Martocchio <zackm@upbelow.com>
Datum: Donnerstag, 17. Juli 15:27
Betreff: :DDDDD

> Schrecklich.

Von: Zack Martocchio <zackm@upbelow.com>
An: Genevieve Goldman <genazeporah@gmail.com>
Datum: Donnerstag, 17. Juli 15:29
Betreff: o/\o

> Also hast du's wirklich hinter dir gelassen.

Von: Genevieve Goldman <genazeporah@gmail.com>
An: Zack Martocchio <zackm@upbelow.com>
Datum: Donnerstag, 17. Juli 15:30
Betreff: Re: o/\o

> Hundertprozentig.

Von: Zack Martocchio <zackm@upbelow.com>
An: Genevieve Goldman <genazeporah@gmail.com>
Datum: Donnerstag, 17. Juli 15:33
Betreff: :D

> Vermisst du es manchmal? Ich freue mich wirklich riesig für dich, Genevieve.

Von: Genevieve Goldman <genazeporah@gmail.com>
An: Zack Martocchio <zackm@upbelow.com>
Datum: Donnerstag, 17. Juli 15:39
Betreff: Re: :D

> Weißt du, was ich mir wünsche? Und es ist wirklich saublöd.

Von: Zack Martocchio <zackm@upbelow.com>
An: Genevieve Goldman <genazeporah@gmail.com>
Datum: Donnerstag, 17. Juli 15:42
Betreff: >;)

Vielleicht ein Autogramm, das kann ich dir verschaffen.

Von: Genevieve Goldman <genazeporah@gmail.com>
An: Zack Martocchio <zackm@upbelow.com>
Datum: Donnerstag, 17. Juli 15:44
Betreff: o_o

Depp.

Von: Zack Martocchio <zackm@upbelow.com>
An: Genevieve Goldman <genazeporah@gmail.com>
Datum: Donnerstag, 17. Juli 15:45
Betreff: Re: o_o

Sag schon.

Von: Genevieve Goldman <genazeporah@gmail.com>
An: Zack Martocchio <zackm@upbelow.com>
Datum: Donnerstag, 17. Juli 15:51
Betreff: :P

Dass ich hin und wieder drehen könnte, ohne gleich eine SCHAUSPIELERIN zu sein. Dass ich wieder ans Set zurückkehren könnte, ohne wie ein verzweifelter, abgetakelter, ehemaliger Kinderstar dazustehen. Manchmal muss ich gegen das Verlangen ankämpfen, zu einem Vorsprechen für eine blöde Küchenkrepp-Werbung zu gehen oder eine Kindsmörderin in einer Law-&-Order-Folge zu spielen.

Ich möchte allen zeigen, dass ich das kann, ohne darüber den Verstand zu verlieren und Feueralarm auszulösen oder so.

Ich wünschte wirklich, ich hätte bei dieser bescheuerten Wiedervereinigungs-Folge mitgemacht.

Von: Genevieve Goldman <genazeporah@gmail.com>
An: Finn Bartlett <finn.a.bartlett@gmail.com>
Datum: Donnerstag, 17. Juli 15:59
Betreff: Fw: Re: :P

> Das ist vielleicht der dämlichste Vorschlag der Welt, und ich könnte verstehen, wenn du dich in ein Flugzeug setzen und mir eine reinhauen möchtest, aber … scheiß drauf, weißt du?

Von: Zack Martocchio <zackm@upbelow.com>
An: Genevieve Goldman <genazeporah@gmail.com>
Datum: Donnerstag, 17. Juli 15:58
Betreff: Re: :P

> Wie wäre es mit nur einer Folge?

GENA

_EvenIfs Blog

Ich schaue jede Menge *Up Below* und schreibe viel Fanfic und drücke regelmäßig Heroin. Eins davon stimmt nicht. Ich kann einen krassen französischen Zopf.

6. AUG Auferstanden von den Toten (mit Fic!)

Allmächtiger, das war eine lange Pause. SORRY, INTERNET. Ich lebe noch. Ihr habt mich doch hoffentlich nicht vergessen?

In ein paar Wochen gehe ich aufs College, und ich habe noch ein paar andere Dinge in der wirklichen Welt zu regeln, aber die wichtigste Nachricht des Sommers ist, dass ich auf dem Fantreffen in Chicago war!! Es war unglaublich toll. Die Jungs waren charmant und redegewandt wie immer und die Autoren haben mich supergespannt auf die nächste Staffel gemacht.

GESPANNT GENUG, UM EINE FANTASY-FANFIC ZUM AUFTAKT DER VIERTEN STAFFEL ZU SCHREIBEN?, fragt ihr euch vielleicht.

JA, könnte ich darauf antworten! Zumindest eine klitzekleine. Also JA, könnte ich LEISE RAUNEN.

Titel: Marzipan und Blechdosen

Autorin: _EvenIf

Wörter: 476

Zusammenfassung: Erinnert ihr euch daran, wie wir die beiden beim Einkaufen gesehen haben? Das war schön. Versuchen wir's noch einmal damit.

Paarbildung: Keine, ihr wisst ja, was das hier für ein Blog ist.

Disclaimer: Ich habe keinerlei Rechte, außer auf meinen kleinen Anstecker vom Fantreffen.

Anmerkung der Autorin: Habt Nachsehen mit mir, hinter mir liegen ein paar harte Wochen. Ich bin fast hier weg. Eve an College, College, bitte kommen. College, hörst du mich?

Jake hockt auf Händen und Knien wie ein bescheuertes Kleinkind, er steckt halb in einem Karton, als wäre es Heiligabend und Tyler hätte ihm eine Red Ryder BB Flinte geschenkt. »Hier ist nichts drin.«

»Na, hier draußen liegen ungefähr achthundert Sachen herum, also hör bitte auf, dich wie ein Idiot zu benehmen.« Tyler nimmt eine Signalpistole vom Tisch mit den um 80 Prozent gesenkten Artikeln. Was, zum Geier, macht ein normaler Mensch mit einer Signalpistole? Wieder einmal wird ihm schlagartig klar, dass er praktisch keine Ahnung hat, was ein normaler Mensch tut. Es ist schon zu lange her.

Jake taucht aus dem Karton mit einem Schmutzfleck auf der Wange auf und hält einen kleinen Gegenstand triumphierend über den Kopf.

»Was ist das denn?«

»Ein Tonka-Laster.«

»Willst du mich verarschen?«

Jake wirft es ihm zu. »Ein Zippo.«

»Oh Mann.« Tyler dreht die Räder mit dem Daumen, sieht die Flamme aufflackern, dann verschwinden, dann wieder aufflammen.

»Mein Dad hatte auch so eins«, sagt Jake beiläufig, als wäre es keine große Sache.

Tyler wartet, denn vielleicht will Jake ja diesmal tatsächlich darüber reden, was in jener Nacht passiert ist, als Alan Henry auf Nimmerwiedersehen im Wasser versunken ist. Aber Jake schweigt. Also sagt Tyler: »Denkst du, wir könnten dieses Ding gebrauchen?«

»Wofür?«

Um Bösewichten Feuer unterm Hintern zu machen, Schwachkopf. »Um dich zu wecken, wenn du schnarchst. KaBUMM.«

»Darauf wirst du ewig herumreiten, oder? Ich war krank. Ich musste entweder schnarchen oder ersticken.«

»Und du musstest dich natürlich dafür entscheiden, am Leben zu bleiben, damit du mir bis ans Ende meiner Tage auf den Sack gehen kannst.«

»Du laberst nur Scheiße.«

»Meistens.« Er fasst Jake an den Schultern und zieht ihn hoch. »Willst du's mal bei der Kleinen da versuchen, solange wir hier sind?«

Jake reckt den Hals, schaut über Tylers Schulter und begutachtet die gestresste, zierliche Blondine, die die Waren auffüllt. Ja, Tyler weiß, auf welchen Frauentyp er steht. »Ja.«

»Dann nur zu, Kid. Ich schaue mal nach Munition.«

»Oh ja, ich wette, hier gibt's jede Menge davon.«

»Brauchst du eine neue Jacke?«

»Ja, bitte.«

»Ich besorge dir eine.«

Jake läuft los, um sich um Kopf und Kragen zu bringen, denn er gräbt die Frau direkt vor den Augen ihres Ehemanns an (Tyler musste ihm einfach eins auswischen; es war gerade ein wenig zu sentimental geworden), und Tyler stöbert durch die Jagdjacken, die vermutlich niemals zum Einsatz kommen werden. Dabei spielt er mit dem Feuerzeug, dreht das Rädchen vor und zurück und wendet es in seiner Hand hin und her.

Und so sieht er die Initialen, die irgendein unbesonnener Trottel, der dabei riskiert hat, das Messer abzubrechen, in den Boden eingekerbt hat. (Irgendein Trottel, der unbesonnen genug war, um vor den Augen seines Babys zu ertrinken.)

A. H.

Tyler schluckt, steckt das Feuerzeug in seine Tasche und schaut zu, wie Jake glücklich ist, zumindest für den Moment.

24 Kommentare

Kommentar schreiben

BlossomButtercup

Er hat das Feuerzeug ja gar nicht bezahlt! Tolle Geschichte. :)

_EvenIf

So ein Halunke!

SwingLowMySweet

Meine Güte, ich brauche das wie Blut zum Leben. Ich bin froh, dass wenigstens EINE daran gedacht hat, dass wir das Rätsel um Jakes Dad noch aufklären müssen *böse Blicke zu den Autoren*

_EvenIf

aaaaah, ich weiß, es macht mich auch ganz verrückt.

SwingLowMySweet

Das war eine meiner drängendsten Fragen während der ersten Staffel, was, zum Henker, er da unter Wasser gesucht hat, ob er eine Ahnung hatte, wie gefährlich das war, und ob er überhaupt WUSSTE, DASS DORT EIN SEEUNGEHEUER HAUSEN SOLL, ich meine, das MUSSTE er doch wissen, oder?

_EvenIf

Ich habe keinen blassen Schimmer. Auch wenn ich nicht glauben mag, dass er ein solches Risiko VOR JAKES AUGEN eingehen würde, war er doch so versessen darauf zu beweisen, dass es keine Ungeheuer gibt ...

SwingLowMySweet

Oh, der Arme. Hat nicht gewusst, dass er in einer Fernsehserie mitspielt.

_EvenIf

Das muss man sich immer wieder vergegenwärtigen.

CalmMyLightsaber

Wollte Tyler sich abfackeln?!

_EvenIf

wer weiß das schon bei ihm

CalmMyLightsaber
oh, und ich fand die fic klasse

_EvenIf
danke!!

finnblueline
Du bist bezaubernd.

_EvenIf
dein GESICHT ist bezaubernd.

slotohes
omg, ich hoffe so sehr, dass es wirklich so kommen wird

_EvenIf
ich auch (offensichtlich), aber ich sollte es mittlerweile besser wissen und meine erwartungen zu diesem zeitpunkt nicht allzu hochschrauben. aber was sie da auf dem fantreffen gesagt haben, lässt mich dummerweise hoffen, dass wir einer guten staffel entgegensehen …

finnblueline
Oh, und nur zu deiner Info: Du bist bezaubernd, weil du erwähnt hast, wie Jake damals krank war.

_EvenIf
UNVERGESSEN

SwingLowMySweet
Ihr habt doch 'ne Meise.

_EvenIf
man ist halt süchtig danach.

Tylergirl93
Ist das wirklich alles, was ihr zu sagen habt?

finnblueline
lol.

Percymaxon
gefällt mir!!

_EvenIf
danke!

FINN

8. August

Also gut.

Ich beginne mit dem Finale der dritten Staffel, obwohl ich weiß, dass ich damit ein paar Wochen zu spät dran bin (sorry, sorry!) und ihr sie ohnehin mittlerweile schon zu Tode analysiert habt. Ihr kennt mich ja. Ich muss einfach meinen Senf dazugeben.

Leute, das war *unglaublich*!

Diese letzte Szene im Lagerhaus. Mein GOTT. Ich hätte echt nicht geglaubt, dass Jake es diesmal da raus schafft! Was ist denn in mich gefahren?! Diese Behauptung fällt jede Woche, und dann fahre ich immer aus der Haut, aber ich schwöre, ich habe die Wolle *büschelweise* aus meinem Teppich gerissen, weil ich so angespannt war. ALLMÄCHTIGER. Und dann hat Tyler die Tür eingetreten und einfach ... diese *Emotionen*, Leute, die *Emotionen*.

Die vierte Staffel ist gut aufgestellt, glaube ich, in Anbetracht von Evansons Doppelspiel (was ich ihm keine Sekunde abkaufe, kommt schon, es ist EVANSON, da muss etwas dahinterstecken), und ich bin schon gespannt, wie sie die Serie weiterentwickeln.

Und ich liebe Jake, aber das haben wir ja schon gewusst.

Okay, zu anderen, wichtigeren Neuigkeiten ...

FANTREFFEN IN CHICAGO. Whoa. Ich hätte mir nicht träumen lassen, dass es so toll wird. Zack und Toby sind so lustig zusammen. Ich finde es großartig, wie nahe sie sich im wahren Leben stehen. Es wirkt so, als hätten sie eine lange Geschichte zusammen. Was wahrscheinlich tatsächlich irgendwie der Fall ist. Außerdem war es cool, Bekanntschaften mit Leuten zu schließen, die ich schon aus dem Internet kenne, und es freut mich, euch mitteilen zu können, dass niemand von euch ein alter Spanner aus den Weiten des Internets ist.

Die Moral von der Geschichte ist, fahrt auf ein Fantreffen, sobald es euch möglich ist, und schaut euch in der Zwischenzeit oft das Finale der dritten Staffel an, und SEID GESPANNT auf Oktober. Uns erwartet ein toller Staffelauftakt!

Und obwohl das noch nicht offiziell ist, habe ich schon mal einen Insidertipp für euch (lol, ich bin eine Insiderin!) über einen Gastauftritt, den ihr nicht für möglich halten werdet.

Hier ist ein Scan meiner Zeichnung (von Zack signiert!).

>>>>DanniRice hat diesen Beitrag von finnblueline rebloggt

>>>>Tylergirl93 hat diesen Beitrag rebloggt und geschrieben: Wann sind auf dem Fantreffen denn Bekanntschaften geschlossen worden? Du hast dich doch die ganze Zeit in deinem Zimmer verschanzt.

>>>>finnblueline: Ich habe in meinem Zimmer ABGEHANGEN. Wichtiger Unterschied.

>>>>_EvenIf: :D

>>>>mmmZack hat diesen Beitrag von finnblueline rebloggt

>>>>slotohes hat diesen Beitrag von DanniRice rebloggt

>>>>_EvenIf hat diesen Beitrag rebloggt und geschrieben: LOLOL, MEGA.

Von: Genevieve Goldman <genazeporah@gmail.com>
An: Finn Bartlett <finn.a.bartlett@gmail.com>
Datum: Freitag, 8. August 22:10
Betreff: Nerd

> Haha, dein Blog. »Gastauftritt, den ihr nicht für möglich halten werdet«? Sie denken wahrscheinlich, es geht um Demi Lovato oder so. Keiner will mich in der Serie sehen, Spinnerin.

Von: Finn Bartlett <finn.a.bartlett@gmail.com>
An: Genevieve Goldman <genazeporah@gmail.com>
Datum: Freitag, 8. August 19:24
Betreff: Nerd!

> MEINE BESTE FREUNDIN WIRD BEI *UP BELOW* MITSPIELEN AAAAAAHHHH!
> F

PS: Wer ist denn Demi Lovato?

Von: Jean Parker <jparker@windsorhouse.com>
An: Finn Bartlett <finn.a.bartlett@gmail.com>
Datum: Samstag, 9. August 14:02
Betreff: Stellenangebot

> Ms Bartlett,
>
> nach Prüfung Ihrer Bewerbung freut es uns, Ihnen eine Stelle als Datenerfasserin bei Windsor Publishing House anbieten zu können. Bitte setzen Sie sich unter 800-555-2385 mit Jean Parker in Verbindung und besprechen Sie die Vertragsdetails und Ihr mögliches Eintrittsdatum. Wir freuen uns darauf, Sie in unserem Team begrüßen zu dürfen!

SMS-Chat mit Charlie (gelöscht)

allmächtiger, ich

allmächtiger, ich habe gerade
ein jobangebot bekommen

9. Aug., 14:12

hab's gerade gelesen.
omg. erzähl.

datenerfasserin, keine große
sache, aber LOHN UND
NEBENLEISTUNGEN

zahlt meinen mietanteil

und ein flugticket nach RI? lol

mach keine witze,
das wäre toll

9. Aug., 14:20

was hat charlie gesagt?

hab's ihm nicht erzählt

warum?

ist kindisch

nein, warum?

bringt das heiratsthema
wieder auf den tisch

wir haben's ruhen lassen,
solange wir kein geld hatten

scheiße

ja

du musst es ihm sagen

9. Aug., 14:28

ja

Rosemont Flowers

(800) 555-2684

GLÜCKWUNSCH!
Finnegan,

viel Glück mit der neuen Stelle, Rockstar.
Auf bald in RI?!

Küsschen,
Genevieve

Von: Finn Bartlett <finn.a.bartlett@gmail.com>
An: Genevieve Goldman <genazeporah@gmail.com>
Datum: Montag, 11. August 20:40
Betreff: Charlie

Hey, Kid,

danke für die Blumen.

Und, oh Mann, ich stecke in der Klemme.

Ich war gerade bei meiner alten Arbeitsstelle (tatsächlich habe ich gerade meine Kündigung eingereicht, und ich kann dir sagen, ich habe mich noch nie so gut gefühlt), als die Sendung gekommen ist. Charlie war zu Hause und hat sie entgegengenommen. Er hat wohl zuerst geglaubt, ich hätte einen heimlichen Verehrer oder so, denn er hat sie geöffnet und die Karte gelesen, und nun ist er stinksauer, weil ich ihm nichts von dem neuen Job erzählt habe.

Und weil ich es dir gesagt habe.

Er ist eigentlich nicht von der eifersüchtigen Sorte, aber wir haben in letzter Zeit nicht viel miteinander geredet, teils, weil er dann jedes Mal einen Witz über mein Fandasein reißt. Etwa, *was zeichnest du denn da*, mit diesem wissenden Blick, bei dem ich mir wie eine Vierzehnjährige beim Bravo-lesen vorkomme.
Das ist nicht gut für mein unterentwickeltes Fangirl-Selbstbewusstsein.

Ach, ich vermisse das Fantreffen, weißt du? Ich vermisse es, unter Menschen zu sein, die es verstehen. Die tiefen Gefühle, die so eine Serie hervorrufen kann. Die Bindung an die Charaktere.

Und das *bin* ich nun einmal, weißt du? *Ich bin ein Fan*. Es ist nicht einfach irgendetwas, das ich mache, sondern es liegt an der Art, wie ich gestrickt bin. Das geht mir ja nicht zum ersten Mal so. Ich bin schon immer Fan gewesen. Es hat schon immer Charaktere gegeben, die in meinem Kopf gewohnt, mit meinem Herzen gespielt und mir Geschichten erzählt haben, und mir gefällt das.

Ich glaube, Charlie denkt, ich wolle nicht heiraten, weil mein Herz zu sehr an dieser Serie hänge.

Glaubst du, das stimmt?

Es stimmt nicht. Ich liebe ihn. Ich weiß nur nicht, ob er mich eigentlich kennt. Ich weiß nicht einmal, ob ich mich kenne. Meine Güte, ich bin gerade völlig durcheinander, und die einzige Person, die über mich Bescheid weiß, ist eine Achtzehnjährige am anderen Ende des Landes, und ich vermisse dich heute Abend so schrecklich, Eve, Scheiße.

Du musst nicht denken, dass ich dir die Schuld daran gebe. Ich hätte Charlie schon vor TAGEN von dem neuen Job erzählen sollen, und wenn ich ihn nicht heiraten will, sollte ich den Anstand haben, ihm das zu sagen.

Ich weiß eigentlich gar nichts mehr, und wenn du meine Ergüsse hier nicht lesen willst, kann ich das verstehen.

Echt. Danke für die Blumen. Vielen Dank.

Danke für alles.

Alles Liebe,
Finn

GENA

In Genas Willkommenspaket

11. August

Willkommen in Oakmoor!

Unsere gesamte Gemeinschaft, von der Studenten-Willkommensorganisation bis hin zu unseren hochrangigen Professoren und Fakultätsmitgliedern, freut sich darauf, Sie während der Orientierungsphase kennenzulernen. Diese Woche wird Sie nicht nur mit Ihren zukünftigen Kommilitonen bekanntmachen, sondern auch mit den Standards, die wir hier in Oakmoor erwarten, sowie mit den Verhaltensregeln für Studentenwohnheim und Unterricht und mit den Anforderungen an die Mitglieder unserer lebendigen Gemeinschaft.

Durch eine Mischung aus mehreren Pflichtveranstaltungen, kleinen Seminaren und freiwilligen (jedoch immer gut besuchten!) geselligen Treffen soll unser sorgfältig zusammengestelltes Orientierungsprogramm Ihnen alles vermitteln, was Sie brauchen, um Ihre Reise als fest integrierter Teil der Gemeinschaft der Oakmoor University zu beginnen. Sollten Sie Fragen haben oder persönliche Hilfe benötigen, wenden Sie sich bitte an jeden Studenten mit einem T-Shirt der Willkommensorganisation oder an Ihren Tutor. Und zögern Sie nicht, die in dieser Woche zurückkehrenden Studenten der älteren Semester zu bitten, Ihnen den Start in unserer Gemeinschaft zu erleichtern! Wir sind alle hier, um Ihnen zu helfen.

Wir wünschen Ihnen alles Gute! Im Anhang finden Sie einen detaillierten und priorisierten Zeitplan.

Die Studenten-Willkommensorganisation der Oakmoor University

SMS-Chat mit Finn

+1 815-555-9255: hey finn,
ignorier die komische nummer,
hier ist genevieve.

mein telefonvertrag ist
abgelaufen, und ich habe
(wie nicht anders zu erwarten)
megaschwierigkeiten, meine
eltern zu kontaktieren,
damit sie sich darum kümmern.
und natürlich ist das wi-fi in
meinem wohnheim abgestellt,
und ich habe keinen dunst,
wo der computerraum ist.
und meine zimmergenossin
hat nur dieses beschissene
pseudo-smartphone
(ich habe 6 minuten gebraucht,
um diesen text zu tippen),
also keine e-mail für gena.
schreib mir mal lieber nicht
zurück, denn sie bombardiert
mich bereits mit giftigen blicken,
weil ich ihr handy benutze
(ist es zu früh, einen
zimmertausch zu beantragen?
lieber gott, ich hoffe, ich vergesse
nicht, diese sms hier zu löschen).
aber ich wollte dich wissen lassen,
dass ich gut gelandet bin und
an deinem ersten arbeitstag
an dich denke! ich hoffe,
du hast die blumen bekommen!!

SMS-Chat mit Finn

+1 401-555-0507: hey,
ich schon wieder, diesmal von

einem anderen handy.
immer noch kein internet,
und der computerraum ist
erst zu semesterbeginn
offen, NATÜRLICH. das ist
frustrierend, denn du feeeehlst
mir, und ich muss auch
mit zack/den produzenten
das terminliche klären.
ich kann immer noch nicht
glauben, dass ich mich darauf
eingelassen habe. ich
bin so ein schwachmat.

+1 401-555-0507: du kannst
mir zurückschreiben, falls du
da bist, ich bin noch
eine weile hier. eli scheint
entspannt zu sein, er
überlässt mir sein handy
für den augenblick

12. Aug., 11:21

+1 401-555-0507: habe ich
dir erzählt, dass ich
schauspielunterricht nehme?
völlig bescheuert, oder?
aber so eingerostet kann ich
neben ZACK nicht auftreten …
omg, kannst du dir mallorys
häme im internet vorstellen,
wenn ich es vergeige?
ich muss den unterricht
ums verrecken mit
BESTNOTEN bestehen

12. Aug., 11:34

+1 401-555-0507: oh, du kannst bei deiner neuen arbeit wahrscheinlich keine sms schreiben! ich bin so blöd. okay, ich gebe elijah das telefon zurück. ich hoffe, bei dir ist alles gut, grüß charlie von mir. hier ist alles ganz okay. die orientierungswoche ist ziemlich anstrengend, ich renne mir die hachsen ab. ich bin schon müde, und der unterricht hat noch nicht mal begonnen. aber es wird schon werden. hab dich lieb

SMS-Chat mit Finn

+1 401-555-0507: hey finny, eli hat erzählt, du hast diese nummer gestern abend angerufen? er sagt, du klangst verstört. bist du da? ich habe versucht, dich zurückzurufen

13. Aug., 11:16

+1 401-555-0507: ich mache mir wirklich sorgen, süße

13. Aug., 11:44

+1 401-555-0507: scheiße,

ich wünschte, ich hätte charlies nummer

13. Aug., 11:56

+1 401-555-0507: scheiße, eli muss weg, ich versuche, dich heute abend von joannes handy anzurufen

Notiz vom Studentensekretariat

Genevieve Goldman,

die Campusapotheke benötigt zusätzliche Angaben, um Ihre Rezepte einlösen zu können. Bitte klären Sie die Angelegenheit schnellstmöglich unter http://www.oakmoor.edu/student_services/health_center.

SMS-Chat mit Finn

+1 815-555-9255: bist du da? geh ran

14. Aug., 03:16

+1 815-555-9255: tut mir leid, dass ich nicht anrufen konnte, ich war bei einer blöden pflichtveranstaltung mit lagerfeuer. ich hasse feuer. irgendwann erreiche ich dich schon noch, wenn du nicht bei der arbeit bist oder es mitten in der nacht ist.

14. Aug., 03:46

+1 815-555-9255: scheiß auf alles.

Brief an Seth und Naomi (unter Genas Matratze)

Hey Mom,
hey Dad,

die Orientierungswoche ist fast vorüber. Ich glaube, es waren eher vier Tage, aber es hat sich wie eine Woche angefühlt. Oder wie ein Jahr.

Es ist nicht gerade so, wie ich es mir vorgestellt hatte.

Vielleicht liegt es auch daran, dass mein Telefon immer noch nicht funktioniert – hoffentlich wird das geklärt sein, wenn euch dieser Brief erreicht? Ich habe bestimmt zehn Mal versucht, euch vom Sekretariat aus anzurufen, aber euer Telefon ist außer Betrieb, was einleuchtend ist, aber … ich fühle mich hier wirklich einsam, und ganz ehrlich, ihr kotzt mich irrsinnig an, weil ihr nie erreichbar seid.

Ich würde mich ja entschuldigen, aber ich werde diesen Brief ganz offensichtlich nicht abschicken, denn IHR HABT JA KEINE BESCHISSENE ADRESSE, also kann ich mir das sparen.

Ich habe seit zwei Tagen nicht geschlafen. Alle rennen herum, amüsieren sich prächtig, schließen Freundschaften und »oh mein Gott, lasst uns das Dinner besuchen!!«. Und ich schätze, in einem Wohnheim zu leben und so, ist für sie tatsächlich aufregend. Alle haben gesagt, ich hätte hier so viel mehr Freiheiten als auf dem Internat, und ich bin mir nicht sicher, ob diese Leute wissen, was Freiheit überhaupt bedeutet. Ja, mir sitzen die Erwachsenen nicht mehr ständig im Nacken, aber auf dem Internat wollte mir jedenfalls keiner weismachen, ich wäre im Disney-World-Wunderland. Es ist, als wären alle auf dieser Schule in einem Insiderklub, und der Rest der Welt hätte ja keiiiinen blassen Schimmer, wie viel Spaß wir hier haben. Stoneyhall war auch ein ganz schön überheblicher Laden, aber dort hat man wenigstens keinen Hehl daraus gemacht.

Und vielleicht hatte Alanah ja recht. Vielleicht bin ich ja auch Teil des Problems. Ich habe wirklich geglaubt, ich wäre etwas Besonderes, weil ich es auf diese Universität geschafft habe, und ich habe wohl erwartet, dass man mir diese Flausen sehr bald austreiben würde, aber nein, alle anderen hier klopfen sich auf die Schulter, weil sie angenommen worden sind, und die Studenten der höheren Semester sind mittlerweile auch eingetrudelt, und sie sind genauso. Jeder weiß doch, dass man es auf die Oakmoor geschafft hat. Was soll dann das blöde GETUE?

Sagt mir, dass es zu früh ist, um das alles hier zu hassen.

Sagt mir, dass ich kindisch bin.

Sagt mir, dass ich einfach zu hohe Erwartungen hatte.

Sagt mir, dass es dumm war, mich für die Schauspielklasse einzuschreiben und zu denken, dass niemand mich erkennen würde; dass ich darauf hätte gefasst sein müssen, dass die bescheuerte Dozentin mich vor versammelter Mannschaft vorführt und mir am zweiten Unterrichtstag per Brief mitteilt, sie hätte schon bemerkt, dass ich eine ganz eigene Auffassung vom Schauspiel hätte und glauben würde, ich wäre besser als die anderen, und dass ich nur hier wäre, um anzugeben, und dass sie mir das nicht durchgehen lassen würde.

Sagt mir, dass es dumm war zu glauben, dass der Junge, der mir sein Handy geliehen hat, nicht meine SMS lesen und jedes Mal die blöde Titelmelodie von Up Below singen würde, wenn ich ihm begegne.

Sagt mir, dass es dumm war zu glauben, ich könnte zu einem Lagerfeuer gehen, und es würde mir nichts ausmachen, und ich würde nicht die anderen anstarren, um mich zu vergewissern, dass sie auch das Feuer sehen und dass es echt, echt, echt ist, bis es einem Jungen auffällt, der mich irre nennt und dann mit einem Mädchen flirtet und droht, sie ins Feuer zu schubsen.

Sagt mir, dass es dumm war, meinen Fanfic-Blog auf einem fremden Handy laden zu wollen.

Sagt mir, dass es dumm war, meine elitäre, supersichere Stoneyhall-Blase zu verlassen.

Kommt und holt mich und bringt mich nach Thailand, Usbekistan oder wo auch immer ihr gerade seid.

Käfer

SMS-Chat mit John C.

+1 260-555-7175: ich breche das studium ab und werde schauspielerin

15. Aug., 23:47

was?

ich glaube, du hast die falsche nummer

15. Aug., 23:53

oh gott. genevieve?

Von: Genevieve Goldman <genazeporah@gmail.com>
An: Finn Bartlett <finn.a.bartlett@gmail.com>
Datum: Donnerstag, 21. August 17:51
Betreff: Ahhhhh

> GUTES, ALTES INTERNET.
>
> ich muss schnell all die verdammten terminanfragen der produzenten beantworten, aber dann lese ich deine e-mail und schreibe dir UMGEHEND <3333

Von: Zack Martocchio <zackm@upbelow.com>
An: Genevieve Goldman <genazeporah@gmail.com>
Datum: Montag, 18. August 15:16
Betreff: :D

> Hey Gena,
>
> ich habe Jack und Janet gesagt, dass du dich erst mal auf dem College einrichten musst und vermutlich nicht sofort Internetzugang hast, aber dass du immer noch bei der Serie mitmachen willst und dir im Oktober ein paar Tage zum Drehen freinehmen kannst, und bla, bla, bla. Keine Ursache ;)
>
> Wenn du das liest, bist du hoffentlich schon einen Schritt weiter? Ich hoffe, es geht dir gut. Melde dich, sobald du kannst. Hast du meine Nummer?
>
> Z

Von: Genevieve Goldman <genazeporah@gmail.com>
An: Zack Martocchio <zackm@upbelow.com>
Datum: Donnerstag, 21. August 18:03
Betreff: Re: :D

> hey zack,
>
> vielen dank, dass du dich um das organisatorische gekümmert hast. ich weiß, dass du megamäßig (wie du sagen würdest – sagst du das eigentlich noch?) beschäftigt bist. ich werde gleich die e-mails der produzenten beantworten.
>
> hier läuft's ziemlich g…
>
> nein, scheiße, hier läuft's eigentlich ziemlich mies. ich konnte seit einer woche nicht mehr mit meiner besten freundin reden,

und das macht mich ganz verrückt, und … ich fürchte, im buchstäblichen sinn. und du bist der einzige mensch, den ich irgendwie … kann ich immer noch behaupten, dich zu kennen? der einzige, der weiß, was das bedeutet.

ich habe an der art, wie du den verrückten jake in der letzten staffel gespielt hast, gemerkt, dass du dich an alles erinnerst.

ich habe gerade kein telefon, also antworte einfach auf diese e-mail, wenn du reden möchtest. oder nicht, wenn ich zu schräg drauf bin, und dann umarmen wir uns einfach freundschaftlich am set und belassen's dabei.

gena

Von: Genevieve Goldman <genazeporah@gmail.com>
An: Finn Bartlett <finn.a.bartlett@gmail.com>
Datum: Donnerstag, 21. August 18:32
Betreff: Re: Charlie

mist, ich habe gerade erst deine e-mail gelesen. scheiße, scheiße, scheiße, ich vermassle einfach ALLES. bist du online? ich versuche es gleich mal im chat.

g

GENA/FINN

Genevieve: finn???

Finn: oh mein gott.

Genevieve: oh mein gott, shit, hi

hast du meine sms bekommen, hatte ich die richtige nummer

eli hat erzählt, du hast versucht anzurufen

Finn: ja, ich bin mir blöd vorgekommen

Genevieve: weshalb?!

Finn: weiß nicht. ich hätte nicht auf seinem handy anrufen sollen. sag ihm, es tut mir leid.

Genevieve: er ist ein blödmann

ich werde ihm gar nichts sagen

Finn: ah, oh, was hat er gemacht?

Genevieve: ist doof, nicht weiter wichtig

geht's dir gut?

Finn: nicht wirklich

Genevieve: erzähl

Finn: alles geht den bach runter. charlie redet kaum noch ein wort mit mir

Genevieve: fuck.

das ist alles meine schuld.

Finn: ist es wirklich nicht

Genevieve: wie das

Finn: weil du nicht diejenige bist, die ihn mit dem heiraten hinhält

wir sind wegen der jobsache aneinandergeraten, aber das war nur … der katalysator, verstehst du?

wenn alles andere in butter gewesen wäre, hätte das keine rolle gespielt

Genevieve: er denkt, zwischen uns wäre was, oder

Finn: das hat er nicht gesagt

nicht direkt

Genevieve: fuck

Finn: du hast nichts falsch gemacht

Genevieve: ich meine, ist da was zwischen uns?

da ist … nicht nichts zwischen uns.

scheiße.

Finn: sollte da nicht etwas sein?

ich habe ein recht auf … was immer es auch ist

Genevieve: bist du dir da sicher

was, wenn nicht

Finn: ist ja nicht so, dass ich verheiratet wäre

Genevieve: wenn es etwas ändern würde, wenn du verheiratet wärst, dann … bedeutet es ja vielleicht etwas

Finn: oh.

Genevieve: ich meine, für ihn

Finn: ja

Genevieve: scheiße.

Finn: das ist doch blödsinn, ich darf doch wohl eine freundin haben

Genevieve: es liegt an mir, oder. ich habe wohl diese angewohnheit.

Finn: welche?

Genevieve: die menschen zu überreden, mich zu lieben

vier jahre debattierklub und das mache ich daraus.

Gesendet 19:12 am Donnerstag

Finn: ich kann … ganz schön stur sein, kleine

Genevieve: du bist buchstäblich alles, was ich habe

wie soll er sich davon nicht bedroht fühlen

Finn: moment, was ist los?

Genevieve: was?

Finn: was ist mit, äh … joanie?

Genevieve: joanne?

Finn: ja, die

Genevieve: nichts

wirklich nicht

rate mal, was ihr hauptfach ist

Gesendet 19:15 am Donnerstag

Finn: hmmmm … keine ahnung. medizin im vorbereitungsjahr?

Genevieve: theater

ich wünschte, ich hätte das gewusst, bevor ich mich für die schauspielklasse eingeschrieben habe

Finn: ja, wie läuft's denn?

Genevieve: gut

Finn: toll!

Genevieve: habe eine eins minus auf meinen monolog bekommen

Finn: war zu erwarten

Genevieve: ha, ja.

wie läuft's mit dem job?

Finn: die arbeit macht tatsächlich spaß

Genevieve: toll!

Finn: ich habe ein bankkonto!

Genevieve: haha, großartig

Gesendet 19:20 am Donnerstag

Finn: hör mal, mach dir keinen kopf wegen charlie, okay?

Genevieve: werdet ihr euch trennen?

Finn: weiß nicht

ich will's nicht

Genevieve: falls ja, kannst du zu mir in mein ödes wohnheim ziehen

Finn: ich wette, oakmoor hat total noble wohnheime

Genevieve: eins. dort gibt es waschbecken in den zimmern

Finn: nett!

Genevieve: ha, nicht in meinem

Gesendet 19:26 am Donnerstag

Finn: ist deine zimmergenossin cool?

Genevieve: das ist joanne

Finn: ohhh.

Genevieve: yep.

Finn: du lernst schon noch leute kennen. habe auch ein paar wochen gebraucht.

Genevieve: ihre freunde sind immer da

Finn: oh

Genevieve: alles juristen

sie hat zwei hauptfächer belegt: theater und jura im vorbereitungsjahr

sie sind alle in irgendeinem vorbereitungsjahr

sie streiten sich darüber, wer die meisten vorlesungen in der woche hat

Finn: ist das etwas erstrebenswertes?

Genevieve: wer am meisten zu bedauern ist, gewinnt

Finn: scheiße, meine freunde und ich haben darum gewetteifert, wer die meisten stunden schwänzt

Genevieve: ich habe seit montag jeden abend fünf stunden gebüffelt und es ist erst die erste woche

und sie haben ja so viel mehr zu tun als ich und hängen ständig hier rum, lachen, lärmen, jammern und lachen beim jammern

ganz schön blöd, sich über so eine kacke aufzuregen, tut mir leid.

ich hab mir das nur nicht so vorgestellt.

Finn: es wird schon werden

klassischer kulturschock. das wird sich geben

in ein paar wochen fühlt sich alles ganz normal an

Genevieve: okay

Finn: hab dich lieb

Genevieve: ich dich auch

ich sollte mal wieder eine fanfic schreiben oder so

ich schreibe nur gedichte

Gesendet 19:33 am Donnerstag

Genevieve: jetzt, wo ich internet habe, wird alles leichter werden

sie halten mich eh für eine schräge eigenbrötlerin

Finn: ja, aber meine schräge eigenbrötlerin

Genevieve: finn?

Finn: ja?

Genevieve: tun wir etwas schlechtes?

Gesendet 19:36 am Donnerstag

Finn: nein

Genevieve: okay

Finn: wir sind toll

Genevieve: du machst mich glücklich

warum muss das nur alles so schrecklich kompliziert sein.

Finn: weil die anderen es nicht verstehen, das ist alles

Genevieve: soll ich mit charlie reden?

Gesendet 19:39 am Donnerstag

Finn: das ist vermutlich keine so gute idee

Genevieve: okay

ach, ich muss los

ich habe dem mädchen aus meinem wohnheim gesagt, ich gehe mit ihr zum abendessen

Finn: gut

Genevieve: das heißt, ich habe auf sie eingeredet, und sie hat schließlich eingewilligt

Finn: na ja, das ist doch schon mal ein anfang

Genevieve: ja

die frage ist, wovon

Finn: bleib dran, okay?

Genevieve: mach ich. jetzt, wo ich internet habe, kann ich auch die sache mit dem telefon regeln

ich sage dir bescheid, wenn es wieder funktioniert. aber ich versuche, heute abend ins internet zu gehen

Finn: mach das

Genevieve: das internet ist manchmal wirklich langsam. vielleicht gibt es außer mir noch andere nerds in diesem wohnheim

Finn: jetzt musst du sie nur noch finden!

... aber vergiss mich nicht.

Genevieve: als ob ich das jemals könnte

Finn: geh essen. hab dich lieb

Genevieve: hab dich lieb.

FINN

5. September

Happy Labor Day oder so.

Die gute Nachricht ist, das bedeutet, es ist September. Die schlechte Nachricht ist, dass unsere Serie erst im Oktober wieder beginnt, und das ist die längste, qualvollste Sendepause, die ich je erlebt habe.

Ich werde geradezu *philosophisch*, Leute. Oder vielleicht auch grüblerisch. Ich weiß nicht, wie man das nennen soll.

Und ich sinniere ausgerechnet über Nicola.

Ich erinnere mich noch daran, wie ich das erste Mal eine Folge der ersten Staffel geschaut habe, noch bevor ich ÜBERHAUPT zum Fan wurde, und Nicola vom Fleck weg nicht leiden konnte. Und ich habe mich irgendwie bestätigt gefühlt, als ich später herausgefunden habe, dass es anderen ebenso ergangen ist und sie nicht wollten, dass Tyler etwas mit ihr anfängt. Einige von euch hat wohl allein schon die Vorstellung abgestoßen, und obwohl ich nicht dazu gehört habe, habe ich es irgendwie verstanden. Es war etwas ... Befremdliches an dieser Beziehung.

Aber aus heutiger Sicht frage ich mich ... warum haben wir sie bloß alle so gehasst? Sie war ja kein schlechter Mensch. Ich denke, wenn ich ihr im wahren Leben begegnet wäre, hätte ich sie ganz sympathisch gefunden. Sie war klug, hingebungsvoll und lieb zu Ty. Als sie ihm Steaks zu seinem Geburtstag gegrillt hat, das war doch eigentlich wirklich nett! Warum haben wir uns bloß alle so darüber aufgeregt?

Ich meine, ich weiß schon warum. Das hat daran gelegen, dass Ty die Geburtstagstradition mit Jake brechen musste, und das war schrecklich, und es war das erste Mal seit sechs Jahren, dass sie ihren Geburtstag nicht zusammen verbracht haben. Aber Nicola war ja nicht gleich eine blöde Kuh, nur weil sie für ihren Freund ein Abendessen kochen wollte.

Vielleicht hatte sie ja recht in der letzten Folge der ersten Staffel.

Vielleicht steht er ja Jake zu nahe und das lässt keinen Raum für einen anderen Menschen.

Heute keine Fanfic-Empfehlungen.

>>>>mmmZack hat diesen Beitrag von finnblueline rebloggt
>>>>Tylergirl93 hat diesen Beitrag rebloggt und geschrieben: Jetzt brich bloß keine Lanze für Nicola. Das geht total am Thema vorbei! Sie WAR eine blöde Kuh, weil sie ihn ändern wollte.
>>>>finnblueline: Sie wollte ihn nicht ändern. Sie wollte nur Teil seines Lebens sein.
>>>>Tylergirl93: Das HEISST ja, ihn zu ändern. Arbeit und Jake sind sein Leben.
>>>>DanniRice hat diesen Beitrag rebloggt und geschrieben: Keine Fanfic-Empfehlungen?!
>>>>finnblueline: sorry.

SMS-Chat mit Charlie

wo bist du?

arbeit

frühschicht?

schiebe doppelschicht

oh

okay

Von: Finn Bartlett <finn.a.bartlett@gmail.com>
An: Charlie Thomas <dps.dealing.boss@gmail.com>
Datum: *Keines. Gespeichert in Entwürfe.*
Betreff: Das nervt

> Ich weiß, dass du sauer bist. Können wir darüber reden?
>
> Wir können uns nicht aus dem Weg gehen. Es macht mich langsam kirre, dass ich hier allein bin, keinen kenne und du dich so benimmst, als wären wir Fremde.

Ich wollte dir ja von dem neuen Job erzählen. Es ist einfach nur so viel passiert in letzter Zeit. Alles verändert sich, und das ist wirklich erdrückend, und … trotzdem habe ich gedacht, dass du stolz auf mich bist. Ich habe gedacht, die Tatsache, dass ich endlich einen richtigen Job gefunden habe, würde mehr wiegen als …

Und du setzt mich zu sehr unter Druck. Ich bin zweiundzwanzig, Charlie. Ist es so schwer, zu glauben, dass ich noch nicht so weit bin, übers Heiraten zu sprechen? Dass es vielleicht gar nichts Persönliches ist?

Der Mist, den du gestern Abend über Eve gesagt hast, war völlig daneben und unangebracht. Sie ist in Ordnung und sie darf sich gut mit anderen verstehen. Wenn du ein Problem mit unserer Freundschaft hast, dann hast du ein Problem mit mir, nicht mit ihr. Und außerdem darf ich ja wohl

SMS-Chat mit Charlie

übernachte heute bei nick
bis morgen

7. Sept., 17:57

okay viel spaß

Von: Finn Bartlett <finn.a.bartlett@gmail.com>
An: Charlie Thomas <dps.dealing.boss@gmail.com>
Datum: *Keines. Gespeichert in Entwürfe.*
Betreff: Du nervst

Du bist ein Arschloch. Verpiss dich und werde mal erwachsen.

VON: FINN BARTLETT <finn.a.bartlett@gmail.com>
AN: JOAN BARTLETT <joanbartlett4472@gmail.com>
DATUM: *KEINES. GESPEICHERT IN ENTWÜRFE.*
BETREFF: BEZIEHUNGSKRAM

Hier läuft es nicht so gut. Ich komme langsam zu der Einsicht, dass ich vielleicht einen Riesenfehler begangen habe. Vielleicht hattest du ja recht. Womöglich hätte ich nicht herziehen sollen.

Woher wusstest du, wann du bereit warst, Dad zu heiraten? Hattest du jemals das Gefühl, dass ihr euch vielleicht nicht so nahesteht, wie es sein sollte, oder dass dich mehr mit einem anderen Menschen verbindet? Und hätte Dad das was ausgemacht? Das sind die Dinge, die sie einem mal auf dem College beibringen sollten. Ich habe keine Ahnung, was ich fühlen soll. Ich weiß nicht einmal, wie ich die Menschen in meinem Leben in sinnvolle Kategorien einordnen soll. Ich fühle mich wie … sollte es mir nicht gestattet sein, einen Menschen einfach zu lieben? Warum muss das so kompliziert sein?

Ich kann nicht glauben, dass ich so etwas sage. Das wird er mir nie durchgehen lassen.

Ich glaube, ich würde gern heimkommen.

VON: FINN BARTLETT <finn.a.bartlett@gmail.com>
AN: JOAN BARTLETT <joanbartlett4472@gmail.com>
DATUM: SONNTAG, 7. SEPTEMBER 21:40
BETREFF: HI

Hey,

wollte mich nur mal melden. Wie läuft's denn so bei euch?

Die Arbeit macht Spaß. Charlie und mir geht es gut. Kalifornien ist toll.

Hab euch lieb!
Finn

Rundmitteilung

WINDSOR PUBLISHING

An alle Mitarbeiter:

Bitte denken Sie daran, dass es nicht erlaubt ist, während der Arbeitszeit private E-Mails abzurufen. Ein Verstoß dagegen kann eine Disziplinarmaßnahme nach sich ziehen.

⊗

Abmahnung

Name der Mitarbeiterin: Stephanie Bartlett

Manager: Jean Parker

Verstoß: Nutzung von Firmenrechnern für Privatkommunikation; zweimaliges Zuspätkommen; negative Einstellung

Die Angestellte war empfänglich für Kritik und zeigte sich einsichtig. Das ist die erste schriftliche Abmahnung für Ms Bartlett.

⊗

SMS-Chat mit Charlie (gelöscht)

ich bin abgemahnt worden

SMS-Chat mit Eve

bist du da?

ja, gutes timing, habe gerade mein telefon zurück. zig nachrichten zu lesen

ich bin gerade abgemahnt
worden, weil ich meine
e-mails gecheckt habe
und … weil ich bei der arbeit
traurig bin.

nazis

darfst du sms schreiben?

schreibe heimlich
auf der toilette …

geht's dir gut?

ging schon besser.

9. Sept., 14:12

charlie war seit zwei tagen
nicht zu hause.

9. Sept., 14:15

fuck

ich muss hier raus.

GENA

Alte Nachrichten, alle zur selben Zeit empfangen nach Wiederinkrafttreten des Handyvertrags

SMS-Chat mit Finn

eve, wo bist du

bitte nimm dir nicht alles
so zu herzen

11. Aug., 18:15

habe deine sms von fremder
nummer erhalten, danke,
warum sende ich dir das, wo
du es eh nicht bekommst.
hey, eve in der zukunft.

SMS-Chat mit Alanah J.

hey, süße. wie ist das
college? crestland ist toll.

levine küsst gut
lollllllll

14. Aug., 21:17

hey, komm schon,
du fehlst mir.

zwischen uns ist doch
alles okay, oder? wir
sind erwachsen und so

15. Aug., 11:26

komm vorbei, tussi, hier
steigen die coolsten partys

15. Aug., 22:26

SMS-Chat mit Dad

sorry wegen des
handyvertrags, käfer!
sollte mittlerweile alles
wieder funktionieren.

19. Aug., 16:20

sorry, habe gerade gemerkt,
dass nur unser telefon
wieder funktioniert!

jetzt müsste es gehen, oder?

9. Sept., 17:06

SMS-Chat mit +1 (416) 555-9173

ist dort genevieve goldman?

16. Aug., 17:33

oh sorry, hier ist zack

SMS-Chat mit John C.

ich habe versucht,
dich anzurufen

antwortest du jetzt nicht
mal mehr auf e-mails?

17. Aug., 10:20

die carolyn, von deren handy
du mir eine sms geschickt
hast, war übrigens eine kuh

studiert wahrscheinlich
»nicht hilfreich« im hauptfach

17. Aug., 10:50

genevieve, ich liebe dich

SMS-CHAT MIT +1 (401) 555-9942

Automatische Nachricht des Studenten-Gesundheitszentrums von Oakmoor. Wir können Ihr Rezept nicht ohne Angaben zu Ihrer Krankenversicherung einlösen. Bitte kommen Sie so bald wie möglich in das Gesundheitszentrum zur Klärung dieses Sachverhalts.

SMS-CHAT MIT FINN

auf dem weg?

im taxi zum flughafen

wird das deine beziehung zu charlie ruinieren?

scheiß auf charlie

10. Sept., 13:49

wird es deine zimmergenossin nerven?

hoffentlich

10. Sept., 13:55

ich bin eine verdammte beziehungskillerin

10. Sept., 14:23

sorry, musste durch die security

sie haben meine massenvernichtungswaffen nicht gefunden

oh, gut

fühlt sich an, wie nach
hause zu fahren

SMS-Chat mit Zack

hey, hier ist genevieve.
du hast die richtige nummer

10. Sept., 14:41

gena!!

hey :)

ich habe gerade eine pause,
kann ich anrufen/mailen?

e-mail ist vermutlich
besser, ich laufe
gerade ziemlich neben
der spur

okay

Von: Zack Martocchio <zackm@upbelow.com>
An: Genevieve Goldman <genazeporah@gmail.com>
Datum: Mittwoch, 10. September 14:56
Betreff: :-/

> Hey, Lady. Ich habe viel an dich gedacht, wusste nicht, was ich sagen soll.
>
> Fakt ist, dass es furchtbar war, nicht zu wissen, wie es dir so ergeht, und das klingt nach neun Jahren ja vielleicht verdammt rührselig. Das mag daran liegen, dass ich meine gesamte Kindheit mit dir verbracht habe, oder auch daran, dass ich ein paarmal nach dir gesucht und dich nie ausfindig machen konnte. (Ich

wüsste ohne meinen persönlichen Assistenten wahrscheinlich nicht einmal, wie das mit den E-Mails funktioniert. Danke, TV-Business, dass du dummen Menschen beim Überleben hilfst.) Aber ich glaube nicht, dass es etwas damit zu tun hast, WIE du aus der Serie ausgeschieden bist, und wenn dich das tröstet … gern geschehen.

Was damals passiert ist, hatte keinen Einfluss darauf, was du mir bedeutet hast. Du warst einfach so ein furchtbar süßes, kleines Ding, das kaputtgegangen ist am System, am Stress und vielleicht auch ein wenig daran, dass es schlauer war, als ihm guttat, aber vor allem an den chemischen Prozessen, wie du es ausgedrückt hast.

Damit will ich wohl sagen, dass du nicht wie Jake bist, albernes, kleines Fangirl.

Also mach dir keine Sorgen.

großer Bruder

Von: Genevieve Goldman <genazeporah@gmail.com>
An: Zack Martocchio <zackm@upbelow.com>
Datum: Mittwoch, 10. September 15:14
Betreff: Re: :-/

großer bruder,

du bist nicht dumm. du magst dich irren (wenn du meine weinerliche »ich habe mir gerade die augen aus dem kopf geheult«-stimme hören würdest, wärst du dir vermutlich nicht mehr so sicher, ob ich nicht doch verrückt bin), aber du bist nicht dumm. also lass das. ich höre dich das in interviews immer wieder sagen, ahh, ich bin einfach nur eine hohlbirne. das zieht bei mir nicht.

ebenso wie meine ausflüchte und mein sarkasmus bei dir nicht ziehen, was? wir können uns wohl einfach nichts vormachen.

kleine schwester

Von: Zack Martocchio <zackm@upbelow.com>
An: Genevieve Goldman <genazeporah@gmail.com>
Datum: Mittwoch, 10. September 15:17
Betreff: Re: :-/

> Trotzdem versuchen wir es. Vielleicht sollten wir damit aufhören.
>
> gB

Von: Genevieve Goldman <genazeporah@gmail.com>
An: Zack Martocchio <zackm@upbelow.com>
Datum: Mittwoch, 10. September 15:18
Betreff: Re: :-/

> trotzdem versuchen wir es.
>
> ks

Von: Zack Martocchio <zackm@upbelow.com>
An: Genevieve Goldman <genazeporah@gmail.com>
Datum: Mittwoch, 10. September 15:22
Betreff: :'(

> Warum hast du geweint?

Von: Genevieve Goldman <genazeporah@gmail.com>
An: Zack Martocchio <zackm@upbelow.com>
Datum: Mittwoch, 10. September 15:25
Betreff: Nein, nein, nein

> ach nee, ich gehe mir langsam selbst auf die nerven. erzähl mal von dir. sind toby und du wirklich so dicke, wir ihr den leuten glauben macht? gibt es deine freundin in echt oder ist sie ein werbetrick?
>
> denk daran, dass ich all deine antworten selbstredend an die klatschpresse verkaufen werde.

Von: Zack Martocchio <zackm@upbelow.com>
An: Genevieve Goldman <genazeporah@gmail.com>
Datum: Mittwoch, 10. September 15:30
Betreff: :) unendlichkeit.jpg

Ah, ja, Toby ist spitze. Außer natürlich, wenn er sich dir gegenüber wie ein Arsch benimmt. (Er fühlt sich echt miserabel deswegen. Er bäckt dir EINEN KUCHEN, wenn du kommst. Das wird mordsmäßig, vertrau mir, ich kenne den Typen.)

Miranda gibt es wirklich! Eigentlich schon viel länger, als die Leute glauben. Wir hatten auf der Highschool eine On-/Off-Beziehung und sind seit vier Jahren fest zusammen. Sie ist nicht zu bremsen, ich sehe zu, dass sie am Set ist an einem der Tage, wo du hier bist. Sie hasst das Fernsehen, und das macht es manchmal schwer, aber ich liebe sie. Ich hänge dir ein Bild von ihr an, auf dem mein Kater auf ihrem Kopf hockt.

Von: Genevieve Goldman <genazeporah@gmail.com>
An: Zack Martocchio <zackm@upbelow.com>
Datum: Mittwoch, 10. September 15:32
Betreff: ;D

meine güte, zum anbeißen.

Von: Zack Martocchio <zackm@upbelow.com>
An: Genevieve Goldman <genazeporah@gmail.com>
Datum: Mittwoch, 10. September 15:33
Betreff: :$

Ja, er heißt Buzz Lightyear. Mein Neffe hat ihm den Namen verpasst.

Von: Genevieve Goldman <genazeporah@gmail.com>
An: Zack Martocchio <zackm@upbelow.com>
Datum: Mittwoch, 10. September 15:34
Betreff: XD

ich habe das mädchen gemeint!

Von: Zack Martocchio <zackm@upbelow.com>
An: Genevieve Goldman <genazeporah@gmail.com>
Datum: Mittwoch, 10. September 15:35
Betreff: :P

> Ahhhh, ich verstehe. Mir gefällt der Kater besser.

Von: Genevieve Goldman <genazeporah@gmail.com>
An: Zack Martocchio <zackm@upbelow.com>
Datum: Mittwoch, 10. September 15:36
Betreff: Re: :-,

> dummer großer bruder.

Von: Zack Martocchio <zackm@upbelow.com>
An: Genevieve Goldman <genazeporah@gmail.com>
Datum: Mittwoch, 10. September 15:37
Betreff: :'(

> Also, raus mit der Sprache. Warum hast du geweint?

Von: Genevieve Goldman <genazeporah@gmail.com>
An: Zack Martocchio <zackm@upbelow.com>
Datum: Mittwoch, 10. September 15:44
Betreff: (kein Betreff)

> ich glaube, ich zerstöre das leben des menschen, der mir am nächsten steht.

Von: Zack Martocchio <zackm@upbelow.com>
An: Genevieve Goldman <genazeporah@gmail.com>
Datum: Mittwoch, 10. September 15:47
Betreff: Re: (kein Betreff)

> Junge oder Mädchen?

Von: Genevieve Goldman <genazeporah@gmail.com>
An: Zack Martocchio <zackm@upbelow.com>
Datum: Mittwoch, 10. September 15:52
Betreff: Re: (kein Betreff)

> mädchen. stephanie. nennt sich finn. sie war auch auf dem fantreffen, aber du kannst dich wahrscheinlich nicht an sie erinnern.

Von: Zack Martocchio <zackm@upbelow.com>
An: Genevieve Goldman <genazeporah@gmail.com>
Datum: Mittwoch, 10. September 15:54
Betreff: Re: (kein Betreff)

> Hach, sorry, ja, dort waren so viele Menschen. Aber süß.

Von: Genevieve Goldman <genazeporah@gmail.com>
An: Zack Martocchio <zackm@upbelow.com>
Datum: Mittwoch, 10. September 15:55
Betreff: Re: (kein Betreff)

> ja, ist sie.

Von: Zack Martocchio <zackm@upbelow.com>
An: Genevieve Goldman <genazeporah@gmail.com>
Datum: Mittwoch, 10. September 15:57
Betreff: |:-)

> Ich habe den Namen gemeint …

Von: Genevieve Goldman <genazeporah@gmail.com>
An: Zack Martocchio <zackm@upbelow.com>
Datum: Mittwoch, 10. September 16:04
Betreff: :$:$:$

> fuuuuuuck

Von: Zack Martocchio <zackm@upbelow.com>
An: Genevieve Goldman <genazeporah@gmail.com>
Datum: Mittwoch, 10. September 16:08
Betreff: :D

> Immer noch ein Auge auf Mädchen?

Von: Genevieve Goldman <genazeporah@gmail.com>
An: Zack Martocchio <zackm@upbelow.com>
Datum: Mittwoch, 10. September 16:11
Betreff: :(

> spielt das eine rolle?

Von: Zack Martocchio <zackm@upbelow.com>
An: Genevieve Goldman <genazeporah@gmail.com>
Datum: Mittwoch, 10. September 16:12
Betreff: :P

> Sag du's mir.

Von: Genevieve Goldman <genazeporah@gmail.com>
An: Zack Martocchio <zackm@upbelow.com>
Datum: Mittwoch, 10. September 16:38
Betreff: (kein Betreff)

> sie ist verheiratet. quasi. okay, nicht quasi. aber ihr freund will sie heiraten, und tief in ihrem inneren will sie das auch, obwohl sie sich dessen nicht bewusst ist. aber ich weiß es. ihr typ (NICHT WIR) hat daraus eine genevieve-oder-charlie-situation gemacht, und nun ist sie auf dem weg zu mir, also … mann, scheiße. ich weiß nicht, warum meine strategie, die leute von mir wegzustoßen, sobald ich sie zu nahe an mich herangelassen habe, bei ihr nicht greift. sie ist dagegen immun, wie du wahrscheinlich auch.
>
> und vielleicht geht es genau darum, dass ihr beide aus irgendeinem komischen grund zu viel über mich wisst. ich meine, wir haben seit jahren keinen kontakt, und trotzdem kennst du mich besser als mein ex, der denkt, dass er mich liebt, weil ich gut im bett bin und weil ich seine hand gehalten habe, als seine mom gestorben ist, und weil ich ihm meine verschrobene,

feministische lyrik aus der phase an der highschool zu lesen gegeben habe, in der ich alle und jeden und nicht nur mich selbst gehasst habe. und ihn.

du kennst mich als schrägen kinderstar, als mensch am durchdrehen und nun als achtzehnjährige labertasche, und trotzdem verurteilst du mich nicht, weil ich wie eine stalkerin zu deinem fantreffen komme und dann dort aus dem raum renne, oder weil ich mich, hoffentlich, in mädchen verliebe. mein exfreund hat das nicht kapiert. meine ehemalige beste freundin hat das nicht kapiert. warum soll ich auch darüber reden? warum brauchen die menschen es, dass man ihnen alles erzählt? ich habe dich seit jahren nicht gesehen, und so schön wie es ist, jetzt mit dir zu reden, und wie oft ich auch in all der zeit daran gedacht habe, zu dir kontakt aufzunehmen, war es nicht deshalb, weil ich mit dir eine lücke in meinem leben schließen musste, und ich bin mir ziemlich sicher, dass es dir genauso geht.

und dann kommt finn daher.

dieses verdammte mädchen, sie hat ja keine ahnung, wie umwerfend sie eigentlich ist, und ich glaube, wenn sie es wüsste, dann würde sie vielleicht auch verstehen, warum charlie sie so sehr liebt, dass er sie heiraten möchte. und nun kommen wir zu dem teil, in dem ich das leben meiner besten freundin ruiniere. denn anstatt ihr zu sagen, dass sie umwerfend ist, habe ich sie zu mir eingeladen, und anstatt ihr zu sagen, dass sie mich vergessen und seine liebe zulassen soll, habe ich sie zu mir eingeladen, und anstatt mich DESHALB schlecht zu fühlen, heule ich, weil ich weiß, dass sie mich irgendwann verlassen und heimkehren muss und ich das nicht will.

sie weiß alles über mich. sie weiß von *man of the house*. sie weiß, dass ich mit dir drehen werde. sie weiß, dass meine eltern nie zu hause sind, sie kennt meine probleme mit dem college und meine abstrusen vorlieben im bett. sie weiß, was ich später einmal machen will und wie ich damals den verstand verloren habe und dass ich im schlaf feueralarm höre und dass ich fürchte, wieder durchzudrehen. und was, wenn ich ihr zu viel erzähle und sie dann von mir wegstoße, und warum habe ich bis jetzt keinen weg gefunden, das zu tun?

> ich weine, weil meine quasi-verheiratete freundin nicht für immer bei mir bleiben kann.
>
> so, jetzt weißt du’s.

VON: ZACK MARTOCCHIO <zackm@upbelow.com>
AN: GENEVIEVE GOLDMAN <genazeporah@gmail.com>
DATUM: MITTWOCH, 10. SEPTEMBER 16:49
BETREFF: RE: (KEIN BETREFF)

> Das College ist doof?
>
> gB

VON: GENEVIEVE GOLDMAN <genazeporah@gmail.com>
AN: ZACK MARTOCCHIO <zackm@upbelow.com>
DATUM: MITTWOCH, 10. SEPTEMBER 16:53
BETREFF: RE: (KEIN BETREFF)

> ich muss los, sie wird bald hier sein.

SMS-CHAT MIT JOHN C.

du liebst mich nicht

was zum geier? DAS ist alles, was du zu sagen hast? ich bin total ABGEDREHT.

warum

weil wieder vor der kamera zu stehen, deine art von selbstmord ist

selbstmord ist meine art von selbstmord

soll das ein witz sein?

hör auf, mir zu sagen,
dass du mich liebst.

schön.

du kennst mich gar nicht

was?!

dir gefällt nur, dass ich
dich so gut kenne.

Drei Haikus, gekritzelt auf die Rückseite einer mit Eins minus bewerteten Arbeit

Wichtiges
Ich bin mir sicher,
ich bin zwei Drittel Klischee,
ein Drittel Mädchen.

Schönes
Ich hielt still. Du hast
uns zertrennt. Ich träumte mich
in schönen Bildern.

Wahres
Doch Liebling, wahr ist,
keiner hört so etwas gern.
Ich auch nicht. Sorry.

FINN

Browser-Verlauf, 10. September

Ist es normal, jüngere Freunde zu haben?

von socialgrace.net

KevinAce schreibt: »Ist es normal, Freunde zu haben, die vier oder fünf Jahre jünger sind als ich?«

Foodie schreibt: »Meine beste Freundin ist fünf Jahre jünger. Ich finde das nicht seltsam.«

BaseballFan schreibt: »Wenn man jung ist, vielleicht schon, aber wenn man älter wird, spielt der Unterschied kaum noch eine Rolle. Man kann mit 35 einen Freund haben, der 30 ist, da ist nichts dabei.«

Admin schreibt: »Das Alter spielt keine Rolle, aber wenn deine Gefühle über Freundschaft hinausgehen, solltest du vorsichtig sein, bis alle Beteiligten volljährig sind. Grace«

Wie gross ist Rhode Island?

von Wikipedia – Die freie Enzyklopädie

Der offizielle Beiname von Rhode Island ist »Ozean-Staat«, eine Anspielung auf die geografische Beschaffenheit des Bundesstaates, der ausufernde Buchten und Meeresarme hat, die insgesamt 14 % der Gesamtfläche ausmachen. Die Landfläche beträgt 2710 km^2, aber die Gesamtfläche ist bedeutend größer.

Oakmoor University

von oakmoor.edu

Die Studenten von Oakmoor sind eine dynamische Gemeinschaft voller Lebensfreude. Im Unterricht und darüber hinaus erweisen sich die jungen Männer und Frauen von Oakmoor als wissbegierige, engagierte Weltbürger. Wir sind eine enge Gemeinschaft mit einmaligem Kameradschaftsgeist. Aus hier geknüpften Verbindungen entstehen wahre, lebenslange Freundschaften.

Fakultät und Mitarbeiter fühlen sich für das Wohlergehen jedes einzelnen Studenten und dafür verantwortlich, ein unterstützendes Netzwerk zu bieten, das sie in die Lage versetzt, Oakmoor zu ihrem Zuhause zu machen.

WOHER WEISS MAN, DASS MAN VERLIEBT IST?

VON HEALTHANDWELLNESS.COM

Die wichtigsten Anzeichen für Verliebtheit

- Sie denken unentwegt an Ihren Schwarm, auch wenn Sie voneinander getrennt sind.
- Arbeit, Familie und andere Interessen treten plötzlich hinter das Objekt Ihrer Begierde zurück.
- Sie warten ständig auf eingehende Anrufe, SMS oder E-Mails.
- Eventuelle Schwächen Ihres Liebsten stellen für Sie nur liebenswerte Marotten dar.
- Ihnen kommt es so vor, als könnten Sie ewig miteinander reden, ohne dass Ihnen die Gesprächsthemen ausgehen.
- Mitgefühl. Der Gedanke, dass es Ihrem Liebsten nicht gut geht, schmerzt Sie.

UP BELOW VIERTE STAFFEL SPOILER

VON SPOILERNEWS.COM

Vierte Staffel – Evansons Verrat, Jakes Verhalten und ein geheimnisvoller Gast?

Gepostet von Alison K.

9. September

Wie wir alle mittlerweile wissen, ist Ben Evanson nicht der, der er zu sein vorgibt. Die Frage ist, wer ist er?

Es scheint, als würde zumindest diese Frage in der kommenden Staffel von *Up Below* endlich beantwortet werden. Carl Casden hat bestätigt, dass er im Herbst in wenigstens sieben Folgen wieder zu sehen sein wird, daher können wir einer Fortsetzung der Geschichte um Evanson und hoffentlich einer gründlicheren Auseinandersetzung mit unserem beliebtesten zwielichtigen Charakter entgegensehen.

Ein wiederkehrendes Thema in der dritten Staffel war Jakes dubioses Verhalten. Wahrscheinlich führt er etwas im Schilde – vielleicht eine längere Auszeit von Tyler? Eingefleischte Fans der Serie sollten sich auf die Aussicht freuen, dass die Protagonisten eine Zeit lang getrennte Wege gehen und die Möglichkeit haben, sich unabhängig voneinander weiterzuentwickeln!

Die Produzenten sprechen von einem aufregenden Gaststar in einer frühen Folge der vierten Staffel.

Könnte das jemand sein, den wir früher schon einmal gesehen haben – womöglich kehrt Katherine Miller (Nicola) zurück, um erneut mit Tyler anzubändeln?

(Dieser Beitrag hat 453 negative Bewertungen.)

VERRÜCKTE WELT _EVENIF

EIN AUSZUG AUS DEM BLOGBEITRAG *VERRÜCKTE WELT* VON _EVENIF, 6. FEBRUAR

Das Problem ist, beginnt er zu verstehen, dass alles zu schnell ist, außer den Farben. Während alles andere vorüberrast, sich wiederholt, wie ein Daumenkino, dessen Seiten hin- und her-, vor- und zurückbewegt werden, überqueren dieselben schwarzweißen Menschen immer wieder eine schemenhafte Straße, zaudern und zögern und verschwimmen die Farben zu einem Brei. Violett gemischt mit Orange ergibt keine Farbe. Grün und Rot. Senfgelb und Magenta.

Aber heute tun sie es.

»Ich habe keine Namen für die Farben«, sagt er, denn er weiß nicht, wie er es aufschreiben soll. »Warum verrät mir keiner die Namen?«

Zug, sagt eine Stimme in seinem Ohr. *Turkeyball. Superman. Das sind keine Farben.*

Was auch immer du willst, Jacob.

Ein paar Stunden später erfasst ihn Feuer zu beiden Seiten des Kopfes. Es schlängelt sich die Kehle hinunter, bis sie zuschwillt, bedeckt seine Wangen mit flammenden Küssen und flüstert ihm die Farben von Blutroter Fingerhirse und dem Inneren von Meeresmuscheln ins Ohr.

Es ist so heiß, er schmilzt wie Eis am Stiel, taumelt vor und zurück, löst sich auf, wendet sich hin und her, und es will nicht aufhören. Für den Rest seines Lebens wird er auf diesem Boden sitzen und das Feuer wird ihn wie eine Schneekugel schütteln.

Er hofft, dass es schnell geht.

Arme erscheinen hinter ihm, verschränken sich unter seinen, ziehen ihn zurück gegen einen Oberkörper.

Ich finde Namen für alles, was du willst, Jake, sagt die Stimme, sagen die rauen Hände an seinem T-Shirt. Er fühlt ein Kinn gegen seinen Haarschopf und weiß, *Tyler, Tyler Tyler*. Er kennt ein Wort.

»Ich gebe dir alles, was du willst«, sagt Tyler. »Bleib nur bei mir.«

GENA/FINN

Finn: … ist sie immer so? oder will sie mir etwas gutes tun?

Genevieve: ha, was meinst du

joanne ist nicht dafür bekannt, anderen etwas gutes zu tun, es sei denn, anderen tut es gut, sechs stunden am stück techno zu hören

Finn: sie redet ohne punkt und komma!

meine güte, ich habe ja so einige schreckliche zimmergenossinnen erlebt, aber …

Genevieve: du hast glück, dass natalie nicht hier ist

wo wir gerade von nicht die klappe halten reden

Finn: wer, zum geier, ist natalie?

Genevieve: ihre busenfreundin!!!!!!!!

Finn: oh mann, mir muss die öffentliche bekanntmachung entgangen sein!

Genevieve: hast du nicht die überschwängliche nachricht gesehen, die sie auf dem whiteboard hinterlassen hat

DU VERRÜCKTE KUH, ICH LIEBE DIIIIICH

jetzt weiß ich, warum alle alanah gehasst haben

Finn: viele menschen lieben verrückte kühe

Genevieve: das hoffe ich

Finn: pst

Genevieve: willst du meine kopfhörer haben?

Finn: nein, du brauchst sie

Genevieve: ich frage mich, ob sie mitkriegt, dass wir miteinander chatten

Finn: ich frage mich, ob sie mitkriegt, dass wir ÜBER SIE reden

Genevieve: weißt du, dass es sie nicht mal GEJUCKT hat, als wir kein internet hatten?

Finn: … das ist schon irgendwie abartig

Genevieve: geht nicht mit rechten dingen zu

Finn: ich wette, sie macht unisport, oder?

Genevieve: in der mannschaft

Finn: was mit booten?

Genevieve: yup

Finn: DAS macht man immer noch?

Genevieve: sie wollte mich überreden, als steuerfrau mitzumachen

die müssen klein sein

das ist in ihren augen bisher mein einziger vorteil

hey gena, du bist klein

Finn: hahahahaha

STEUERFRAU

Genevieve: du bist kindisch

Finn: allmächtiger, sie starrt mich an

Genevieve: KEINE HEKTISCHEN BEWEGUNGEN

Finn: was gibt's hier so zum abendessen?

Genevieve: du kannst die speisekarte online einsehen

Finn: okay

hey, bœuf bourguignon

Genevieve: klingt ganz gut

Finn: keine ahnung, was das ist

wollen wir's probieren?

Genevieve: ich kann nicht

Finn: warum?

Genevieve: ich muss noch vier kapitel in psychologie lesen und ich bin noch nicht einmal mit dieser ausarbeitung fertig

Finn: du lernst jetzt schon seit drei stunden, du kannst dir eine pause gönnen

Genevieve: so läuft das nicht

denen ist es egal, wie lange ich dafür brauche

Gesendet 17:50 am Donnerstag

Finn: weinst du?

Genevieve: weiß nicht

Finn: ach, eve ...

du machst jetzt mal eine pause. lass uns spazieren gehen oder so. durch die stadt bummeln

Genevieve: allen anderen hier geht es GUT, sie gehen jeden abend weg und kommen lärmend zurück, und sie schreiben trotzdem nur einser;

wie bin ich bloß hier reingeraten, jemand muss gedacht haben, dass ich immer noch berühmt bin oder so.

scheiße, tut mir leid, ich bin eine schreckliche gastgeberin

ich suche dir mal den zugfahrplan heraus, dann kannst du zur kunsthochschule fahren und dir dort die ausstellungen anschauen

Finn: nein, hey, so habe ich es nicht gemeint

ich bleibe bei dir

Genevieve: pass auf, was du sagst

das bedeutet, dass du bei JOANNE bleibst

Finn: scheiß auf joanne

Genevieve: willst du wirklich dieses opfer bringen

Finn: ja

Genevieve: tut mir leid. ich unternehme morgen etwas mit dir. versprochen

vielleicht sollte ich den unterricht ausfallen lassen

Finn: ich hatte keine ahnung, dass es so schlimm ist

Genevieve: ja, ich lasse morgen alles ausfallen.

okay.

Finn: willst du das wirklich?

Genevieve: weiß nicht

ich kann nicht hingehen

ich bin nicht vorbereitet

Finn: mach das nicht meinetwegen. ich persönlich denke ja, dass du eine pause vertragen könntest, aber du musst mich nicht beschäftigen

wir bleiben einfach hier und entspannen. joanne wird nicht da sein, dann kannst du offen reden

Genevieve: okay, aber ich muss für psychologie etwas ausarbeiten

aber das kann ich nebenbei machen. ja.

Finn: eve, ach mensch, jetzt wein doch nicht …

Genevieve: tut mir leid, ich höre ja schon auf

gott, ich wünschte, sie würde endlich gehen.

ach, schau an, da ist natalie

Finn: knuddle mich mal. vielleicht schreckt sie das ab

Genevieve: bin schon auf dem weg

FINN

Von: Finn Bartlett <finn.a.bartlett@gmail.com>
An: Charlie Thomas <dps.dealing.boss@gmail.com>
Datum: Samstag, 13. September 02:03
Betreff: Es tut mir leid

Hi,

ich hab's wirklich vermasselt.

Es tut mir so leid. Ich weiß nicht, was ich sagen soll. Ich weiß nicht einmal, wo ich anfangen soll.

Es tut mir leid, dass ich nach Providence gefahren bin, als wir Probleme miteinander hatten, anstatt zu bleiben und zu versuchen, sie aus der Welt zu schaffen.

Es tut mir leid, dass ich zugelassen habe, eine so enge emotionale Bindung zu einem anderen Menschen aufzubauen. Du hattest recht, es ist nicht so einfach, wir sind nicht nur Freundinnen, und ich fühle mich schrecklich, und ich wollte dir nie so etwas antun. Ich schwöre, dass zwischen uns nichts passiert ist, ich weiß nicht einmal, ob unsere Beziehung so geartet ist, aber sie ist groß, intensiv und voller Gefühle. Ich bin in dieses verdammte Mädchen verliebt. Meine Güte, Charlie, ich liebe dich so sehr, und es tut mir so leid.

Es tut mir leid, dass ich dich nicht jeden einzelnen Tag zum Mittelpunkt meines Lebens mache.

Es tut mir leid, dass ich nach Kalifornien gezogen bin, ohne zu wissen, ob ich es ernst mit dir meine oder nicht, denn du verdienst etwas Besseres, und ich sollte es nach drei Jahren wissen, und ich meine es ernst mit dir. Ich weiß nicht, wovor ich davonlaufe, ich weiß nicht, worauf ich warte.

Bitte, bitte, bitte sag mir, dass du das verstehst.

Bitte sag mir, dass du mich nicht hasst.

Bitte sag mir, dass ich nicht alles kaputt gemacht habe.

Ich liebe dich.
Finn

Von: Charlie Thomas <dps.dealing.boss@gmail.com>
An: Finn Bartlett <finn.a.bartlett@gmail.com>
Datum: Freitag, 12. September 23:12
Betreff: Re: Es tut mir leid

> Bist du noch bei ihr?

Von: Finn Bartlett <finn.a.bartlett@gmail.com>
An: Charlie Thomas <dps.dealing.boss@gmail.com>
Datum: *Keines. Gespeichert in Entwürfe.*
Betreff: Re: Es tut mir leid

> Ja. Sie schläft. Ich kann nicht.
>
> Ich denke immerzu an die Szene in *Up Below*, in der Jake

Von: Finn Bartlett <finn.a.bartlett@gmail.com>
An: Charlie Thomas <dps.dealing.boss@gmail.com>
Datum: Samstag, 13. September 02:26
Betreff: Re: Es tut mir leid

> Ja. Sie schläft. Ich kann nicht.
>
> Ich denke immerzu an mein vorletztes Studienjahr, als du nach Kalifornien gezogen bist und wir nicht gewusst haben, ob wir das schaffen werden. Ich hatte solche Angst, dass du eine andere kennenlernst, dich verliebst und mich total vergisst. Das hast du nicht getan. Du hast jeden Abend angerufen, du hast mich besucht, und du warst während des letzten Studienjahres für mich da, als der Unterricht superanstrengend war und ich niemanden hatte. Du warst der beste Freund, den ich mir hätte wünschen können.
>
> Du bist immer das Beste, was ich mir hätte wünschen können.
>
> Ich hasse mich, weil ich hierhergefahren bin. Ich fühle mich so übel. Alles, was ich zu meiner Verteidigung vorbringen kann, ist, dass ich dich auch liebe. Das habe ich nie vergessen. Ich mag Angst vor der Zukunft haben, ich mag armselig und distanziert und unfähig sein, dir das zu geben, was du brauchst, aber ich habe dich niemals nicht geliebt.

Von: Charlie Thomas <dps.dealing.boss@gmail.com>
An: Finn Bartlett <finn.a.bartlett@gmail.com>
Datum: Freitag, 12. September 23:32
Betreff: Re: Es tut mir leid

> Ich hasse dich nicht.

Von: Finn Bartlett <finn.a.bartlett@gmail.com>
An: Charlie Thomas <dps.dealing.boss@gmail.com>
Datum: Samstag, 13. September 02:33
Betreff: Re: Es tut mir leid

> Nicht?!

Von: Charlie Thomas <dps.dealing.boss@gmail.com>
An: Finn Bartlett <finn.a.bartlett@gmail.com>
Datum: Freitag, 12. September 23:35
Betreff: Re: Es tut mir leid

> Ich liebe dich.

Von: Finn Bartlett <finn.a.bartlett@gmail.com>
An: Charlie Thomas <dps.dealing.boss@gmail.com>
Datum: Samstag, 13. September 02:36
Betreff: Re: Es tut mir leid

> Ach, Süßer, ich liebe dich auch.

Von: Charlie Thomas <dps.dealing.boss@gmail.com>
An: Finn Bartlett <finn.a.bartlett@gmail.com>
Datum: Freitag, 12. September 23:39
Betreff: Re: Es tut mir leid

> Du bist einfach abgehauen. Ich habe es durch eine bescheuerte SMS erfahren. Hast du überhaupt bei deiner Arbeit Bescheid gesagt?

Von: Finn Bartlett <finn.a.bartlett@gmail.com>
An: Charlie Thomas <dps.dealing.boss@gmail.com>
Datum: Samstag, 13. September 02:45
Betreff: Re: Es tut mir leid

Ich nehme einen Krankheitstag nach dem anderen. Es ist wirklich total beschissen. Ich rufe dort jeden Morgen an, gebe vor, krank zu sein, und hoffe, sie sagen mir nicht, dass ich entweder meinen Hintern zurück ins Büro bewege oder gefeuert bin.

… Das ist wirklich unverantwortlich. Ich weiß nicht, was mit mir los ist. In letzter Zeit spielt alles verrückt. Scheiße, ich hoffe, sie sind nicht böse. Ich hoffe, du bist nicht böse. Ich kann mir im Spiegel nicht mehr in die Augen schauen, ich kann nicht einmal glauben, dass ich das bin. Ich habe ALLES, was man sich wünschen kann, und ich bin SO EGOISTISCH. Wie kannst du mich da nicht hassen?

Ich zerstöre alles.

Sag mir, wie ich es wieder in Ordnung bringen kann.

Von: Charlie Thomas <dps.dealing.boss@gmail.com>
An: Finn Bartlett <finn.a.bartlett@gmail.com>
Datum: Freitag, 12. September 23:51
Betreff: Re: Es tut mir leid

Du weißt, wie.

Ich bin nicht stolz auf mich für das, was ich jetzt schreibe, und das Letzte, was ich will, ist dich davon abzuhalten, Freundschaften zu schließen, aber du hast ja selbst gesagt, dass es nicht nur eine Freundschaft ist. Seit du in Chicago warst, redest du nur noch von ihr. Du lässt die Arbeit sausen. Du lässt mich sitzen. Ich weiß nicht, was dort passiert ist, und ich weiß nicht, was jetzt zwischen euch passiert, aber was auch immer es ist, es ist nicht »nichts«.

Ich unterstelle dir eigentlich nichts, was du nicht selbst schon zugegeben hast. Du bist zu sehr an sie gebunden. Da ist kein Platz für mich, wenn du so an einem anderen Menschen hängst. Also tut es mir leid, und ich wollte dich nie in diese Situation bringen, aber du musst dich entscheiden.

> Komm nach Hause. Komm zurück zu deiner Arbeit und zu mir und fahr nicht wieder zu ihr. Lass mich dein bester Freund sein, wie wir es damals in Iowa waren. Wenn du das machst, kommt alles zwischen uns wieder in Ordnung.

Von: Finn Bartlett <finn.a.bartlett@gmail.com>
An: Charlie Thomas <dps.dealing.boss@gmail.com>
Datum: Samstag, 13. September 02:56
Betreff: Re: Es tut mir leid

> Willst du damit sagen, dass ich nicht mehr mit ihr reden darf?
>
> Sie ist einsam. Sie ist meine Freundin, und sie ist allein, und sie tut sich megaschwer, sich ans College zu gewöhnen. Ich kann nicht einfach so den Kontakt zu ihr abbrechen.
>
> Gott, sie schläft und hat keine Ahnung. Das wird sie wirklich aus der Bahn werfen. Ich bin ihre einzige Freundin, und sie wird glauben, ich will sie nicht mehr …

Von: Charlie Thomas <dps.dealing.boss@gmail.com>
An: Finn Bartlett <finn.a.bartlett@gmail.com>
Datum: Samstag, 13. September 00:03
Betreff: Re: Es tut mir leid

> Ich kann dir nicht vorschreiben, mit wem du redest, Finn. So einer bin ich nicht. Aber es ist notwendig für mich, dass du emotionale Distanz hältst. Du entscheidest, ob du das kannst, wenn du trotzdem mit ihr befreundet bleibst.
>
> Und, ich meine, du kannst dich natürlich auch für sie entscheiden, wenn du an diesem Punkt angelangt bist. Ich habe dich nicht gebeten, dich zu entscheiden, ohne mir darüber im Klaren zu sein, dass die Wahl vielleicht nicht auf mich fällt. Du musst mir einfach ehrlich sagen, wo ich stehe. Ich liebe dich, aber das möchte ich nicht mehr, wenn ich immer an zweiter Stelle kommen werde.
>
> Mann, ich kann nicht glauben, dass das passiert.
>
> Ich hoffe, du kommst nach Hause. Ich vermisse dich wirklich, Finn. Ich vermisse uns.

Von: Finn Bartlett <finn.a.bartlett@gmail.com>
An: Charlie Thomas <dps.dealing.boss@gmail.com>
Datum: *Keines. Gespeichert in Entwürfe.*
Betreff: Re: Es tut mir leid

> Ich kann nicht. Ich liebe sie. Sie braucht mich. Stell mich bitte nicht vor die Wahl. Ich möchte nicht

Von: Finn Bartlett <finn.a.bartlett@gmail.com>
An: Charlie Thomas <dps.dealing.boss@gmail.com>
Datum: *Keines. Gespeichert in Entwürfe.*
Betreff: Re: Es tut mir leid

> Du bist wirklich unverschämt. Es ist nichts dabei, wenn ich

Von: Finn Bartlett <finn.a.bartlett@gmail.com>
An: Charlie Thomas <dps.dealing.boss@gmail.com>
Datum: Samstag, 13. September 03:27
Betreff: Re: Es tut mir leid

> Ich vermisse uns auch.
>
> Ich nehme den ersten Flug.

SMS-Chat mit Eve

hi

hi

du hast dein skizzenbuch vergessen

ist schon okay

ich bringe es mit, wenn wir uns wiedersehen.
wir machen uns was aus

du kannst es behalten

… warum

ist nur ein gegenstand

13. Sept., 10:22

ist charlie böse auf dich

nein

böse auf mich?

er ist nicht böse

13. Sept., 10:25

ich habe dich gemeint

nein, eve

wir sehen uns nicht wieder,
oder

13. Sept., 10:26

sag was

13. Sept., 10:31

ich kann dich nicht
einfach nur gern haben

tut mir leid

tut mir leid

13. Sept., 10:36

ich kann es besser.
geh nicht

du hast nichts
falsch gemacht.
es ist meine schuld

13. Sept., 10:41

ich muss ins
flugzeug steigen

schreibst du mir, wenn
du angekommen bist?

13. Sept., 10:45

finn?

GENA

_EvenIfs Blog

Ich schaue jede Menge *Up Below* und schreibe viel Fanfic und drücke regelmäßig Heroin. Eins davon stimmt nicht. Ich kann einen krassen französischen Zopf.

18. SEP **Sendepause, Wendekrause**

Es sind nur noch ZWEI WOCHEN bis zum Staffelauftakt!! Gepriesen seid ihr da oben und natürlich BESONDERS ihr da unten. Ich weiß nicht, wie es euch geht, Leute, aber ich glaube nicht, dass ich es auch nur noch EINEN TAG ohne meine Dosis Jake und Tyler aushalte. Meinem Leben fehlen die bedingungslose Unterstützung und unausgesprochene Liebe! Wo sind all die kleinen Zänkereien, aus der die Serie große Dramen machen will? Wo sind die Handlungslücken, die nie erklärt werden? Wo ist der Fall der Woche, der niemanden interessiert? MEIN LEBEN BRAUCHT DIESE KLEINEN DINGE, INTERNET.

Nein, aber jetzt mal im Ernst, ich könnte dem Ende der Sendepause nicht gespannter entgegenfiebern. Das ist wohl das in meinem Leben, was mich mehr als alles andere begeistert ... ACH JA, ABGESEHEN VON EINER ANDEREN KLEINIGKEIT.

Ich werde in der sechsten Folge mitspielen!!!!! Ich fahre morgen zu den Dreharbeiten!

Bevor ihr mich eine Lügnerin, eine blöde Schnalle oder was auch immer nennt, gibt es ein paar Dinge, die ihr wissen solltet:

– Ich habe nur einen Kurzauftritt. Ich bin nicht Teil der Handlung. Ich bin kein wiederkehrender Charakter. Ich mache mit niemandem herum.

– Es ist absolute Vetternwirtschaft, also SCHIMPFT AUF DAS SYSTEM.

Offenbar lasse ich euch gerade ein wenig mehr hinter die Kulissen blicken als üblicherweise, aber ich bin zu der Einsicht gekommen, dass ich wahrscheinlich platzen werde, wenn ich versuche, das länger für mich zu behalten, und IHR SEID MEINE BESTEN FREUNDE, INTERNETGEMEINSCHAFT. Also, was soll's. Bedauernswert und einsam, ja. Aber bedauernswert und einsam und OHNE AUFTRITT IM FERNSEHEN?

Nie im Leben.

12 Kommentare

Kommentar schreiben

Bluebloody
meine güte, was??? das ist UNGLAUBLICH. erzähl uns ALLES

_EvenIf
hihi, alles zu seiner zeit

MioMy
heißt das, du kennst das drehbuch? HEISST DAS, DU KENNST SPOILER

_EvenIf
Das darf ich nicht sagen, aber vertraut mir, es wird eine guuuuute Staffel …

MioMy
mann, du scherzkeks, warum mag ich dich überhaupt

Tylergirl93
also hast du mit ihm geschlafen, oder?

_EvenIf
?

Tylergirl93
du hast mit zack geschlafen, so bist du da rangekommen.

_EvenIf
lol

SwingLowMySweet
Gott, das ist so cool. Mach bloß Fotos!

_EvenIf
na KLAR!

Von: Eleanor Marriot <e.marriot@oakmoor.edu>
An: Genevieve Goldman <g.goldman@oakmoor.edu>
Datum: Freitag, 19. September 16:16
Betreff: Anwesenheit

> Genevieve,
>
> du hast in diesem Semester mittlerweile vier von zwölf Diskussionsrunden verpasst. Bitte komm bei mir vorbei, um zu besprechen, wie du das Versäumte nachholen und den Kurs doch noch erfolgreich absolvieren kannst. Landleman ist streng. Das wird uns einige Mühe kosten.
>
> Gruß,
> Eleanor Marriot
> Lehrassistentin von Dr. Patricia Landleman, HIST314G

Von: Studenten-Gesundheitszentrum <healthandwellness@oakmoor.edu>
An: Genevieve Goldman <g.goldman@oakmoor.edu>
Datum: Freitag, 19. September 16:42
Betreff: Terminversäumnis

> Genevieve Goldman:
>
> Hiermit teilen wir Ihnen mit, dass Sie Ihren für den 13. September vereinbarten Termin im Gesundheitszentrum verpasst haben. Da der Termin nicht 24 Stunden im Voraus abgesagt wurde, mussten wir Ihr Studentenkonto mit der vollen Summe belasten.

SMS-Chat mit Alanah J.

hey, girrrrl

19. Sept., 22:21

hey!!

macht's noch spaß?

scheiße, ja, college für immer. und du?

die besten jahre unseres lebens

labertasche. wann kommst
du mich besuchen?

jederzeit, meine profs
nehmen es mit der
anwesenheit nicht so genau

nächste woche?!

okay

cool, bring ritalin mit

schon klar

Von: Genevieve Goldman <genazeporah@gmail.com>
An: Finn Bartlett <finn.a.bartlett@gmail.com>
Datum: Samstag, 20. September 19:02
Betreff: Anruf verpasst? ((Büroklammer-Symbol))
set-fotos.zip

hallo, ich hatte einen anruf von dir, war das aus versehen?

egal, ich dachte, du willst vielleicht ein paar fotos vom set sehen! schau mal ... sieht zack nicht großartig aus?

ich habe eine tolle zeit hier. sie wollen mich überreden, ein oder zwei weitere folgen zu drehen, und ich muss sagen, ich denke darüber nach! es macht einfach so viel spaß. ich hoffe, bei dir ist alles okay! grüß charlie von mir!

genevieve

GENA/FINN

Von: Finn Bartlett <finn.a.bartlett@gmail.com>
An: Genevieve Goldman <genazeporah@gmail.com>
Datum: Samstag, 20. September 18:15
Betreff: Re: Anruf verpasst?

> Hey,
>
> nicht aus Versehen. Es war aber nichts Wichtiges.
>
> Danke für die Bilder. Schön, dass es dir Spaß macht. Läuft es besser mit dem College?
>
> Hier ist alles gut. Ich habe meinen alten Job noch, Gott sei Dank. Mit Charlie ist alles in Ordnung.

Von: Genevieve Goldman <genazeporah@gmail.com>
An: Finn Bartlett <finn.a.bartlett@gmail.com>
Datum: Samstag, 20. September 21:34
Betreff: Re: Anruf verpasst?

> das college ist okay. ich breche es vielleicht ab.
>
> ist die arbeit okay?

Von: Finn Bartlett <finn.a.bartlett@gmail.com>
An: Genevieve Goldman <genazeporah@gmail.com>
Datum: Samstag, 20. September 18:47
Betreff: Re: Anruf verpasst?

> Abbrechen?! Warum? Bist du sicher, dass es dir gut geht?

Von: Genevieve Goldman <genazeporah@gmail.com>
An: Finn Bartlett <finn.a.bartlett@gmail.com>
Datum: Samstag, 20. September 21:55
Betreff: Re: Anruf verpasst?

> ich habe in der schauspielklasse auf meine szenendarstellung eine total miese note bekommen, und dann komme ich hier ans set, und alle sagen mir, dass ich tolle arbeit leiste, und ich glaube ihnen. warum also mit dem college weitermachen?

Von: Finn Bartlett <finn.a.bartlett@gmail.com>
An: Genevieve Goldman <genazeporah@gmail.com>
Datum: Samstag, 20. September 19:02
Betreff: Re: Anruf verpasst?

> Dann hör mit dem Schauspielunterricht, nicht gleich mit dem College auf.

Von: Genevieve Goldman <genazeporah@gmail.com>
An: Finn Bartlett <finn.a.bartlett@gmail.com>
Datum: Samstag, 20. September 22:14
Betreff: Re: Anruf verpasst?

> so spät im semester kann man einen kurs nicht mehr abbrechen

Von: Finn Bartlett <finn.a.bartlett@gmail.com>
An: Genevieve Goldman <genazeporah@gmail.com>
Datum: Samstag, 20. September 19:16
Betreff: Re: Anruf verpasst?

> Weißt du, es gibt Einrichtungen auf dem Campus, die dir helfen, wenn du unglücklich bist. Macht Joanne dir immer noch das Leben zur Hölle?

Von: Genevieve Goldman <genazeporah@gmail.com>
An: Finn Bartlett <finn.a.bartlett@gmail.com>
Datum: Samstag, 20. September 22:20
Betreff: Re: Anruf verpasst?

> sie hat jetzt einen freund, sie ist nie da.

Von: Finn Bartlett <finn.a.bartlett@gmail.com>
An: Genevieve Goldman <genazeporah@gmail.com>
Datum: Samstag, 20. September 19:31
Betreff: Re: Anruf verpasst?

> Okay … können wir reden? In deiner ersten E-Mail hast du wirklich glücklich gewirkt, und dein Blog klang neulich so optimistisch, und nun redest du davon, das College abzubrechen, und das macht mir Sorgen.
>
> Geht es dir wirklich gut?

Denn die Wahrheit ist, mir irgendwie nicht.

Charlie und ich verstehen uns super, und er gibt mir alles, was ich brauche. Er schaut Wiederholungsfolgen von *Up Below* mit mir und fragt auf nette, nicht auf voreingenommene Weise nach meiner Kunst (nicht, dass ich in letzter Zeit gezeichnet hätte). Und ich denke sogar, dass es vielleicht gar keine so schlechte Idee wäre, irgendwann einmal zu heiraten.

Aber ich vermisse dich nun mal. Und wie.

Sag mir einfach, ob es dir gut geht. Ich mache mir Sorgen, du.

Von: Genevieve Goldman <genazeporah@gmail.com>
An: Finn Bartlett <finn.a.bartlett@gmail.com>
Datum: Samstag, 20. September 22:37
Betreff: Hör auf

mach das nicht.

Von: Finn Bartlett <finn.a.bartlett@gmail.com>
An: Genevieve Goldman <genazeporah@gmail.com>
Datum: Samstag, 20. September 19:40
Betreff: Re: Hör auf

Ich habe VERSUCHT, das nicht zu machen.

Sag mir einfach, ob es dir gut geht, und ich lasse dich in Ruhe.

Von: Genevieve Goldman <genazeporah@gmail.com>
An: Finn Bartlett <finn.a.bartlett@gmail.com>
Datum: Samstag, 20. September 22:43
Betreff: Re: Hör auf

was fragst du mich. als ob ich dir das sagen könnte.

Von: Finn Bartlett <finn.a.bartlett@gmail.com>
An: Genevieve Goldman <genazeporah@gmail.com>
Datum: Samstag, 20. September 19:44
Betreff: Re: Hör auf

Du liegst mir immer noch am Herzen, weißt du.

Von: Genevieve Goldman <genazeporah@gmail.com>
An: Finn Bartlett <finn.a.bartlett@gmail.com>
Datum: Samstag, 20. September 22:45
Betreff: Re: Hör auf

> jaaah.

Von: Finn Bartlett <finn.a.bartlett@gmail.com>
An: Genevieve Goldman <genazeporah@gmail.com>
Datum: Samstag, 20. September 19:49
Betreff: Re: Hör auf

> Verdammt noch mal, Eve.

Von: Genevieve Goldman <genazeporah@gmail.com>
An: Finn Bartlett <finn.a.bartlett@gmail.com>
Datum: Samstag, 20. September 22:53
Betreff: Re: Hör auf

> so heiße ich nicht.

Von: Finn Bartlett <finn.a.bartlett@gmail.com>
An: Genevieve Goldman <genazeporah@gmail.com>
Datum: Samstag, 20. September 20:25
Betreff: Re: Hör auf

> Okay, weißt du was? Ich habe das nie gewollt. Ich wollte das, verflucht noch mal, nicht. Mir ging es ganz ausgezeichnet. Und du musstest in mein Leben treten und einfach wundervoll und so außergewöhnlich sein, dass ich mich in dich verlieben musste, obwohl du WUSSTEST, dass ich einen Freund habe. Und anstatt den Dingen ihren rechten Platz zuzuweisen, sodass ich auf uns zeigen und sagen konnte, wir sind nur BEFREUNDET, hast du dafür gesorgt, dass mir klar geworden ist, wie KOMPLIZIERT das alles ist, damit ich es ja nicht wegreden kann. Du hast mir nicht den Hauch einer CHANCE gelassen, mit dir zusammenzusein, ohne dass mein Freund sich davon bedroht fühlt, und nun muss ich ihm den Vorrang vor dir geben, und du willst mich nicht mehr kennen. Na, schön.
>
> Ich hoffe nur, du weißt, dass ich mir Sorgen um dich mache, wenn ich abends einschlafe und sobald ich morgens aufwache, und ich kann nicht das Geringste dagegen tun. Mein Leben ist ein einziges, beschissenes Chaos, und ich glaube nicht, dass ich jemals aufhören kann, dich zu lieben.

Von: Genevieve Goldman <genazeporah@gmail.com>
An: Finn Bartlett <finn.a.bartlett@gmail.com>
Datum: Samstag, 20. September 23:42
Betreff: Re: Hör auf

> weißt du, was schön wäre?
>
> wenn die leute aufhören würden, sich um mich zu sorgen damit gleichzusetzen, mich zu lieben.
>
> du machst dir sorgen um mich. na, wunderbar. john macht sich auch sorgen um mich. alle sind ja SO BEUNRUHIGT, gena. aber weißt du, was passiert, wenn die leute BESORGT sind? dann gelangen sie zu der einsicht, dass du zu anstrengend oder zu KOMPLIZIERT bist, und dann wirst du immer diejenige sein, die ihr leben ruiniert hat, und sie nehmen es dir übel, dass du existierst, und dann nehmen sie es dir übel, dass du gehen willst. also vielleicht benehme ich mich ja einfach normal und so aufgeweckt, wie man es von mir erwartet, und dann besteht ja vielleicht die möglichkeit, dass die leute in ihr gewohntes leben zurückkehren und mich in ruhe lassen und aufhören, mich dafür verantwortlich zu machen, dass es ihnen miserabel geht und sie mich verlassen mussten, um mir dann vorzuwerfen, dass ich sie GEHEN LASSEN habe. ich bin eben das mädchen, dem man sms schreibt, wenn man betrunken ist, und damit BASTA. ich habe nicht darum gebeten, der außergewöhnliche, wundervolle oder was, zum kuckuck, auch immer für ein GRUND für jemanden zu sein.
>
> verdammt noch mal, es geht mir gut, okay? also kannst du in dein leben und zu deinem freund zurückkehren und babys kriegen. ich komme schon damit klar. okay?

Von: Finn Bartlett <finn.a.bartlett@gmail.com>
An: Genevieve Goldman <genazeporah@gmail.com>
Datum: Samstag, 20. September 20:49
Betreff: Re: Hör auf

> Okay, Gena. Ich lasse dich in Ruhe. Es freut mich, dass es dir gut geht.

FINN

Associated Press

Explosion am Set einer Fernsehserie mit drei Toten und fünf Verletzten

28. September, 18:21 Uhr

Ein am Nachmittag ausgebrochener Brand mit anschließender Explosion am Set der populären Fernsehserie *Up Below* hatte drei Todesopfer zur Folge.

Der Vorfall ereignete sich durch eine defekte Beleuchtungseinrichtung, heißt es. Die Filmaufnahmen fanden in einem Studio statt, das der Sender zum ersten Mal benutzte.

Fünf Personen erlitten Verbrennungen, Schnittwunden und Rauchgasvergiftungen und wurden in ein nicht genanntes Krankenhaus in Toronto gebracht. Die Identität und der Zustand der Verletzten sind derzeit nicht bekannt.

Die Royal Canadian Mounted Police hat eine Untersuchung eingeleitet, Details des Ermittlungsstandes können jedoch nicht veröffentlicht werden.

»Gegenwärtig gehen wir nicht von vorsätzlicher Sabotage aus«, sagt der Leiter der RCMP Richard Whelan. »Es scheint sich um einen bedauerlichen Unfall durch einen technischen Defekt zu handeln. Wir hoffen, die Untersuchung kurz halten und den Fall schnell abschließen zu können.«

Die vierte Staffel von *Up Below*, eine Krimiserie mit Zachary Martocchio und Tobias Frost in den Hauptrollen, sollte in nur wenigen Tagen starten. Es ist ungewiss, ob der Staffelauftakt plangemäß ausgestrahlt werden wird.

Aus Respekt vor den Familien werden die Namen der Verstorbenen zum jetzigen Zeitpunkt nicht veröffentlicht.

⊗

SMS-Chat mit Eve

habe gerade gehört, dass es eine explosion gegeben hat. geht's dir gut?

28. Sept., 18:23

auch wenn du böse auf mich bist,
sag mir, ob es dir gut geht. bitte.

SMS-Chat mit Charlie

scheiße, es hat eine explosion
am set von ub gegeben

geht's allen gut?!

es heißt, 3 menschen
sind gestorben ...

gott.

28. Sept., 18:25

dreht eve diese woche nicht dort?

ich meine, vielleicht weiß sie mehr

habe ihr sms geschrieben,
aber sie antwortet nicht

wie lange ist das her?

ein paar minuten

sie wird sich sicher melden,
sobald sie kann

ich liebe dich

soll ich heimkommen?

du musst arbeiten.
ich komme klar.

SMS-Chat mit Eve

hey, habe nichts von dir
gehört, wollte noch mal nachhaken.
ich habe angst. bitte melde dich.

28. Sept., 19:01

geht's dir gut?

28. Sept., 19:06

gena?

finnblueline

ÜBER MICH * KONTAKT

28. September

Hat jemand diesen Artikel gesehen? Ich nehme an, der ist echt? Weiß jemand etwas?

>>>>DanniRice hat diesen Beitrag rebloggt und geschrieben: Oh ... mein Gott. Das hatte ich nicht gesehen. Todesopfer?

>>>>finnblueline schreibt: das ist wirklich beängstigend

>>>>Tylergirl93 hat diesen Beitrag rebloggt und geschrieben: An alle: _EvenIf war diese Woche am Set. Hat jemand Kontakt zu ihr?

>>>>MioMy schreibt: oh mein gott

>>>>SwingLowMySweet schreibt: sie hat eine weile nichts gepostet und sie hat bilder versprochen.

>>>>Tylergirl93 schreibt: oh, das ist kein gutes zeichen

>>>>finnblueline schreibt: es ist erst vor ein paar stunden passiert

>>>>Tylergirl93 schreibt: du bist doch mit ihr befreundet, oder?

>>>>finnblueline schreibt: ich habe nichts gehört

>>>>mmmZack hat diesen Beitrag rebloggt und geschrieben:
Weiß IRGENDJEMAND, ob's den Jungs gut geht? Und was bedeutet das für den Staffelauftakt? Ich STERBE, wenn er sich verschiebt.

>>>>slotohes schreibt: Das ist das Unsensibelste, was ich je gehört habe. Es sind Menschen gestorben, Arschloch. Natürlich wird sich die Serie verschieben. Du bist, verdammt noch mal, nicht der Mittelpunkt der Welt.

>>>>MioMy hat diesen Beitrag rebloggt und geschrieben: AMEN.

>>>>DanniRice hat diesen Beitrag rebloggt.

>>>>mmmZack schreibt: Das habe ich im übertragenen Sinn gemeint, aber wenn ihr keine Ironie versteht, ist das wohl euer Problem.

>>>>slotohes schreibt: das ist weit entfernt von ironie.

>>>>popstotheweasel hat diesen Beitrag rebloggt und geschrieben: Dieses Bild vom Set nach der Explosion ist durchgesickert. Es ist ziemlich unscharf. Man kann Carl Casden deutlich erkennen, aber ich kann nicht sagen, wer die anderen sind. Schaut's euch mal an.

>>>>Tylergirl93 schreibt: Nachrichten von Toby?

>>>>popstotheweasel schreibt: Ich kann ihn auf dem Bild nicht sehen.

>>>>Tylergirl93 schreibt: Fuuuuck. Betet für Toby, Leute.

SMS-Chat mit Charlie

gena antwortet nicht auf ihre nachrichten ...

ist sicher nur ziemlich chaotisch dort, vielleicht kann sie nicht an ihr telefon

ja, vielleicht

wir hatten einen schlimmen streit

ich glaube, mir wird gleich übel

ich komme heim

musst du nicht

ich komme nach hause

SMS-Chat mit Eve

Ich weiß, dass ich einige wirklich schreckliche Dinge geschrieben habe.

Du musst mir nicht verzeihen, aber kannst du dich bitte melden?

Ich habe gehört, was passiert ist, und ich drehe gerade völlig durch.

28. Sept., 19:31

Ich weiß nicht, ob du
dein Telefon bei dir hast …

Du weißt es wahrscheinlich
noch nicht, aber es heißt,
es hat drei Tote und
fünf Verletzte gegeben, wie
schlimm und wer, ist unklar.
Mehr ist nicht bekannt …

28. Sept., 19:43

Eve …

28. Sept., 19:46

Fuck, bitte schreib mir einfach,
wenn du das liest. Es tut mir leid.

Bericht des Brandursachenermittlers

ORT DES VORFALLS:
41 Bullis Rd., Toronto, ON M4M 2M2, Kanada

ART DES VORFALLS:
Unbeabsichtigt verursachter Brand

URSACHE DES VORFALLS:
Überhitzung des Gelfilters und mechanischer Filter eines defekten Bühnenscheinwerfers

TODESOPFER:
Janet Learmen
Marian Little
Zack Martocchio

Dritter Teil

FINN

Für dich:

Das Problem an Geschenkboutiquen in Krankenhäusern ist, dass alles überteuert und die Auswahl bescheiden ist. Man kann kein normales Notizbuch zu einem vernünftigen Preis kaufen. Man muss sich mit irgendetwas zufriedengeben, auf dem ein aufmunternder Spruch über Gott steht, der Türen schließt und Fenster öffnet. Und ich will ja nicht pietätlos sein, aber wenn Gott eine Tür schließt, warum kann man sie dann nicht einfach wieder aufmachen? So ist das mit Türen. Wäre das nicht eigentlich eine viel aufbauendere Botschaft?

Sei's drum, das ist ein bescheuertes Notizbuch, aber etwas anderes hatten sie nicht, und ich kann nicht einfach hier sitzen, ohne meine Gedanken zu Papier zu bringen.

Ich wünschte, ich hätte mein Skizzenbuch noch. Ich hätte daran festhalten sollen.

Ich hätte an dir festhalten sollen.

Von irgendwoher hört man ein Piepen, beständig und gleichmäßig wie ein Metronom, das den Takt für dieses Krankenhaus angibt. Ich hocke auf einem Plastikstuhl, der weder besonders stilvoll noch bequem ist, und mir tut nach einem fünfeinhalbstündigen Flug alles weh. Irgendwann wird mich die Müdigkeit dahinraffen. Momentan bin ich hellwach.

Das Wartezimmer ist brechend voll, und das Merkwürdige daran ist, dass ich die anderen Leute hier kenne. Carl Casden sitzt ungefähr drei Meter von mir entfernt und fummelt an seinen Schuhsohlen herum. Die Frau, die in der Serie Nicola gespielt hat, ist auch hier. Heißt das, dass sie in dieser Staffel wieder dabei ist? Ich weiß nicht, wie mich so etwas jetzt interessieren kann. Echt nicht.

Es war Carl, der mich mit gebrochener, verweinter Stimme angerufen hat und wissen wollte, wer ich sei und ob ich eine Freundin von Gena wäre. Er hat mich darüber informiert, dass du hier im Humber River Regional Hospital bist. Und Evie, du wärst so stolz auf mich gewesen, denn ich habe mich bei ihm bedankt, mich total normal verhalten und bin nicht durchgedreht, nur weil Ben Fucking Evanson mich angerufen hat, ich bin auch nicht zusammengebrochen und habe ihn angefleht, mir zu sagen, wie schlimm es um dich steht.

Krankenhaus heißt am Leben.

Krankenhaus heißt am Leben.

Ich meine, bestimmt, wenn ich es nur oft genug schreibe.

Die Krankenschwester (oder was auch immer ihre Funktion ist) hinter der Anmeldung in der Mitte des Raums läuft immer wieder hinaus, was eine besonders ausgeklügelte Foltermethode ist. Jedes Mal, wenn sie aufsteht, schauen wir alle zu ihr hoch, wodurch wir wie eine Schar Möwen oder so aussehen. Ich bin so müde, dass ich das lustig finde. Ich möchte weinen (nichts ist lustig, nichts ist je weniger lustig gewesen), aber ich bin so furchtbar müde. Also scharre ich mit den Füßen auf dem Teppich im Einklang mit dem Piepen, das hoffentlich nicht dir gilt, das hoffentlich nicht deine Vitalfunktionen misst. (Piep, piep, piep, meine Eve).

Ich hoffe, das kommt nicht aus deinem Zimmer, aber man hat mich noch nicht zu dir gelassen.

Das sind meine Hoffnungen: Wenn ich dein Zimmer betrete, sagst du mir, dass ich mich verpissen soll, dass ich gar nicht hier sein sollte und dass du auf mich verzichten kannst. Ich hoffe, du schreist mich an. Ich hoffe, du springst aus dem Bett und schlägst nach mir, ich hoffe, du springst auf und schreist und weißt, dass du die Scheiße nicht verdient hast, die ich dir angetan habe.

Charlie hat nicht auf die SMS geantwortet, die ich ihm geschickt habe, als ich mich in die Stand-by-Warteschlange für Flüge nach Toronto eingereiht habe. Ich hätte ihm nach der Landung noch eine SMS schicken sollen, aber habe es zwischen dem Gerenne nach einem Taxi und der ständigen Angst um dich einfach nicht gemacht. Und nun sitze ich hier in diesem Wartezimmer und habe genügend Zeit, um Risse in den Fliesen zu zählen und mir den Text auf französischen Rauchverbotsschildern einzuprägen (»defense de fumer«, klingt, als ob sie für das Recht zu rauchen eintreten) und durch die blöde Geschenkboutique zu stöbern, und mein Telefon hat keinen Empfang.

Das ist alles so schnell passiert, dass Charlie vielleicht noch gar nicht weiß, dass ich hier bin.

Nun will er mich ja vielleicht nicht mehr zurück.

Aber Tatsache ist nun einmal, dass du meine beste Freundin bist und diese Serie das Einzige war, das dir etwas bedeutet hat, und ich bringe es einfach nicht übers Herz, in diesem Augenblick nicht bei dir zu sein. Wenn Charlie nicht damit umgehen kann, dann liebt er mich wohl nicht.

Weißt du was? Drauf geschissen. Denn das ist eine Eigenschaft, die ich an mir mag.

Die Krankenschwester ist mittlerweile mit einer Tasse Kaffee und einer Zeitschrift zurückgekehrt und blättert durch die Seiten, als ob die Welt nicht untergehen würde. Alle sind ungeduldig, alle sind wütend, aber unterhalten sich im Flüsterton, weil man das im Wartezimmer nun einmal so macht, schätze ich. Aber wir sind ja nicht aus Langeweile hier. Wir sind hier, um nach unseren Bekannten zu sehen. Lasst uns zu ihnen.

Oh Gott, lass es ihr gut gehen, bitte lass es ihr gut gehen, warum dauert das nur so lange.

Es ist so seltsam, dass wir alle aus demselben Grund hier sind. Um mich herum spüre ich ein Gemeinschaftsgefühl – die Leute berühren sich, fassen sich an den Händen, umarmen sich –, und ich kann nicht umhin, ihnen das übelzunehmen, denn ich gehöre ja nicht dazu. Ich kenne diese Menschen dem Gesicht nach, dem Namen nach, der Stimme nach, aber sie kennen mich nicht.

Ich gehöre nicht zu ihnen. Ihre Welt ist ihnen heute um die Ohren geflogen, und die Tatsache, dass meine Welt auch zusammengebrochen ist, hat nichts mit ihnen zu tun. Ich möchte, dass mir jemand einen Kaffee bringt. Ich möchte, dass mir jemand über den Rücken streicht und mich fragt, wie es mir geht. Ich würde mich ja auch schon mit einem mitfühlenden Blick zufriedengeben, der mich wissen lässt, dass wir im Schmerz vereint sind, dass dies nicht nur ihnen zugestoßen ist, sondern auch mir und dir, dass es uns zugestoßen ist.

Und Scheiße, ich habe sogar ein Recht darauf, wegen Zack traurig zu sein (ja, meine Güte, eigentlich am Boden zerstört).

Seine Freundin sitzt hier in der Ecke. Miranda. Ich kenne sie von Bildern, die in Foren und in der Fanwelt die Runde gemacht haben. Sie ist allein. Das wirkt poetisch und abscheulich und komisch zugleich, und ich glaube, ich muss mich wieder übergeben. Sie machen einen großen Bogen um sie, wie die Menschen ihn nun einmal um das Leid machen, und sie ist so unglaublich schön mit ihrem verschmierten Make-up und ihrem superschlanken, perfekten Körper. Sie sieht trotz allem wie ein Model aus. Ich weiß nicht, wie sie das hinkriegt. Aber ich weiß ja auch nicht, wie ich es fertigbringe, hier zu sitzen und mich zu fragen, wie es mit Up Below ohne Jake weitergehen soll. Manche Dinge sind wohl einfach nicht kleinzukriegen.

Ich glaube, ich kann nicht

Bin ich eingenickt? Ich denke schon. Ich schwöre, als ich gerade auf die Uhr geschaut habe, war es 11:45 Uhr, und nun ist es 12:20 Uhr. Im Raum ist jetzt viel Bewegung, wodurch ich wahrscheinlich aufgewacht bin. Die Leute stehen auf, machen sich nicht mehr die Mühe, die Stimme zu senken und gehen grüppchenweise zur Tür. Das Zimmer leert sich.

Oh. Toby ist wach.

Der gehört zu ihnen. Nicht zu mir.

Alles ist so surreal. Ich habe seit etwa einem Tag nicht mehr geschlafen. Die anderen haben angefangen, mich nach meinem Namen zu fragen. Carl Fucking Casden ist gerade zu mir gekommen und hat mich gefragt, ob ich Finn sei, und ich schwöre, für einen kurzen Moment wusste ich keine Antwort darauf.

Er hatte deinen Rucksack. Er hat ihn vom Set mit hierhergebracht. Erst mich und dann deinen Rucksack. Er kümmert sich um dich. Es ist der süße, pinkfarbene Rucksack aus deinem Wohnheimzimmer, und ich erinnere mich daran, wie ich in deinem Bett gelegen und meine Füße an dem Stoff gerieben und zugeschaut habe, wie du dich durch die vierte Stunde Hausaufgaben gequält hast. Damals war der Rucksack vollgepackt mit Büchern. Jetzt scheint er fast leer zu sein.

Ich will nicht reinschauen. Ich will wohl nicht daran denken, wie du ihn gepackt hast an dem Morgen, an dem Zack (Jake) gestorben ist. (Ich bin völlig daneben.)

Außerdem finde ich es doof, dass Carl mich ausgerechnet heute kennenlernt, denn ich hatte mir immer vorgestellt, dass ich charmant und clever sein und ... na ja, irgendwie einen guten Eindruck hinterlassen würde. Wie, als ich Zack auf dem Fantreffen begegnet bin und ihm meine Zeichnung gefallen hat (was für einen Unterschied macht das jetzt noch?). Wenn Carl sich an mich erinnern wird, dann an das schrecklich aussehende Häufchen Unglück, dem man Flug, Krankenhaus und Sorgen angesehen hat. Du würdest es hassen, dass ich mich sorge, Eve; du würdest mir sagen, dass man sich sorgen nicht mit lieben verwechseln soll und dass du nicht willst, dass ich hier bin, weil ich Angst um dich habe, sondern weil ich dich liebe. Und erst jetzt, in diesem Wartezimmer mit Carl Casden, verstehe ich, dass die ganzen Sorgen, Ängste und Liebe ein und dasselbe beschissene Gefühl sind.

Wie dem auch sei, die anderen gehen jetzt, und das Zimmer leert sich und ist viel zu still, denn obwohl ich nicht an ihrem

Schmerz teilhaben durfte, vermisse ich die anderen nun doch. Nichts kann mich mehr von dem überlauten Ticken der Uhr, dem unablässigen Piepen und den Sorgen ablenken.

Ich frage mich, ob sie dir gesagt haben, dass ich hier bin.

Ich frage mich, ob es einfach so lange dauert, weil du mich nicht sehen willst (aber das würden sie mir doch sagen, müssten sie ja, oder?).

Ich überlege mir, ob ich bei der Schwester nachhaken soll, ebenso wie ich darüber nachdenke, aus dem Zimmer und dem Krankenhaus zu rennen und immer weiter zu laufen, bis ich nichts mehr von all dem hier fühle. Aber das werde ich nicht tun. Ich werde einfach hier sitzen bleiben.

Du würdest mir sagen, dass ich tapfer sei, aber da irrst du dich.

... Oh Gott, Eve, Toby hat gerade geschrien. Toby. Diesen Schrei kenne ich aus der blöden Serie, von einer Folge in der zweiten Staffel. Das ist Tyler in Nöten (Toby in Nöten). Er hat das mit Zack wahrscheinlich gerade erfahren, und es macht ihn fertig, ebenso wie in der Serie. Ich habe genau diesen Schrei aus genau diesem Grund schon einmal gehört, und damals hatte es mir gefallen.

Oh Gott.

Da ist ein kranker, trauriger Teil von mir, der nicht umhin kann zu denken, wie rührend das für die Fanwelt wäre. Sie wären alle traurig und mitfühlend und sie würden jedes kleine Detail über Tobys Kummer wissen wollen. Ich werde es ihnen nicht verraten, aber ich kann nicht verhindern, dass mir angesichts der Tatsache, wie sehr er Zack liebt, ein kleiner Schauer über den Rücken läuft.

Eve, Baby, Baby, Baby.

Es ist komisch (ist es nicht), aber das Erste, was mir aufgefallen ist, als ich deinen Raum betreten habe, war, dass du meinen Blick meidest. Noch bevor ich die Sauerstoffmaske gesehen, noch bevor ich mich über den Verband auf deiner Wange gewundert, noch bevor ich die Tatsache registriert habe, dass du die Arme um dich geschlungen hast, dich hin und her wiegst und weinst, tatsächlich weinst, nicht versuchst, die Tränen zurückzuhalten wie im Wohnheim. Dein Weinen ist wie Atmen, tief und konstant und automatisch und fast beruhigend.

Aber du weigerst dich, mich anzusehen. Ich weiß nicht einmal, ob du bemerkt hast, dass ich hier bin.

Sieh mich an. Schrei mich an, na los, mach dich über mein Notizbuch lustig. Du würdest dieses Notizbuch hassen. Du würdest es mir aus den Händen reißen und sagen, dass es zu hässlich ist, um es zu behalten, und dann würdest du es lesen, und ich würde dich nicht davon abhalten, denn es ist ja für dich da, denn ich bin ja für dich da.

Hast du gesehen, was passiert ist? Hast du die Explosion und das Feuer und was auch immer es war, das auf dich zugeflogen kam und dir das Gesicht zerschnitten hat, gesehen, und hast du den Schmerz verstanden, bevor du ihn gespürt hast?
Hast du gesehen, wie dein Freund gestorben ist? Trotz des verschleierten Ausdrucks auf deinem Gesicht von den Beruhigungsmitteln, die sie dir sicher verabreichen, kann ich erkennen, dass du weißt, was geschehen ist. Aber du bist nicht wie Toby. Du wirst nicht schreien.

Die Krankenschwester hat mir erzählt, dass du keine Berührungen zulässt.

Aber als ich hereingekommen bin, durfte ich dich umarmen. Meine Süße.

Bitte, bitte, hör mich doch.

Ich bin jetzt hier. Und ich gehe nicht mehr weg.

Für dich:

Krankenhäuser sollten in Vorhänge investieren und vielleicht in Farbe. Etwas, das diesen Ort weniger wie eine Anstalt wirken lässt und mehr Trost spendet. Wenn ich Ärztin wäre, würde ich wohl etwas von meinem Gehalt für die Inneneinrichtung meines Krankenhauses abzweigen. Ich würde dafür sorgen, dass sich meine Patienten behütet und wie zu Hause fühlen. Für dich, Eve, graue Wände und eine dicke, pinkfarbene Daunendecke und einen Laptop mit unbeschränktem Internetzugang. Ich weiß, was du brauchst.

Der Handyempfang hier ist so sporadisch, dass es die Frage aufwirft, ob Charlie vielleicht schon ein Dutzend Mal angerufen hat (oder mir per SMS mitgeteilt hat, dass ich nicht mehr nach Hause zu kommen brauche) und das Signal einfach nicht durchkommt. Ich habe jedenfalls keine Nachricht von ihm oder irgendjemand anderem empfangen.

Die Krankenschwester – sie hat mir ihren Namen gesagt, aber den kann sich keiner merken – hat dir gestern Abend wieder eine Spritze verpasst, und ich habe dich festgehalten. Das war eigentlich nicht notwendig. Du hast nicht reagiert, nicht einmal, als die Nadel deine Haut durchbohrt hat. Doch ich erinnere mich daran, dass ich die Schwester in einem Schreckmoment der Verantwortung gefragt habe, ob dieses Mittel sich mit den anderen Medikamenten, die du nimmst, verträgt, woraufhin sie geantwortet hat, dass sich in deiner Blutprobe keine Spuren anderer Medikamente gefunden hätten.

Ich weiß, dass du deine Medikamente nicht absetzen wolltest. Warum hast du es dennoch getan?

Sie wollte mich aus dem Zimmer scheuchen. Die Besuchszeit war wohl vorbei, aber ich habe nicht gewusst, wohin ich sonst gehen soll. Hätte ich mich vorher darum kümmern müssen. Ich bin davon ausgegangen, dass wir das Krankenhaus gemeinsam verlassen, aber ich weiß nicht, wo es dann hätte hingehen sollen. Du wohnst ja auch nicht in dieser Stadt. Zurück in dein Hotel, nehme ich an. Ich habe keine Ahnung, ob ich nach Santa Rosa zurückkehre, und mittlerweile ist es auch klar, dass du nicht nach Providence zurückgehst. Nicht in diesem Zustand.

Also habe ich im Wartezimmer mit dem Kopf auf deinem Rucksack und den Füßen auf meinem Notizbuch geschlafen, und logischerweise tut mir heute daher die Hüfte weh, und ich fühle mich unbehaglich und alt.

Ich hoffe wirklich, dass du keine Albträume hast. Ich kann mir gar nicht vorstellen, wie die aussehen würden. (Natürlich kann ich es mir nicht vorstellen, ich werde nie in der Lage sein, mir vorzustellen, wie es war.) Dein Gesicht ist ruhig, aber soweit ich weiß, liegt das an den Beruhigungsmitteln. Momentan kann man sich auf nichts verlassen.

Du hast immer noch nicht mit mir geredet oder mich angesehen oder überhaupt Notiz von mir genommen.

Die Ärztin ist hier …

Nun, die Ärztin möchte nicht, dass du das Krankenhaus verlässt. Offenbar ist dein »psychischer Zustand extrem labil« und du »musst rund um die Uhr überwacht werden«, während sie die Beruhigungsmittel absetzen. Klingt für mich nach einem Teufelskreis. Sie haben dir die Mittel doch verabreicht und nun darfst du deshalb nicht gehen?

Ich weiß nicht, wie eine Alternative aussehen könnte. Dich zurück auf die Universität zu schicken, ist aus ersichtlichen Gründen eine schlechte Idee. Jedes Mal, wenn ich deine Eltern anrufe, höre ich nur diese blöde, aufgekratzte Mailboxstimme, die mich so in Rage bringt, dass ich glatt mit dem Telefon auf etwas eindreschen könnte. Ich weiß, dass du bei deiner Tante und deinem Onkel gewohnt hast, aber in deinen Kontakten finden sich keine Verwandtschaftsbezeichnungen, und daher weiß ich nicht, ob »David« »Onkel David« oder der »David, der mir mal sein Handy geliehen hat« oder wer auch immer ist. Und bevor du nicht wieder zusammenhängend sprichst, weiß ich nicht, wie ich das herausfinden soll. Aber sie können dich hier nicht festhalten. Du gehörst nicht hierher, wo alles zu grell ist und keiner dich liebt. Hier kommst du nicht wieder auf die Beine.

Und ich mag deine Ärztin nicht, Eve, mit ihren herablassenden Blicken und ihrem »Miss Bartlett, ich bin mir nicht sicher, ob Sie den Ernst der Lage erfassen«. Ich erfasse den Ernst der Lage nicht? Ich? Ja, wer, glaubt sie denn, hat den verdammten Nachtflug aus San Francisco auf sich genommen? Wer hat ihren Freund im Regen stehen lassen? Wer hat seit anderthalb Tagen weder gegessen, noch geschlafen, Frau Doktor?

Mittlerweile wache ich seit zwölf Stunden nonstop an deinem Bett, und diese Ärztin hat nur einmal ein Viertelstündchen nach dir geschaut, und nun studiert sie eine Krankenakte und erklärt mir, dass sie es besser weiß als ich.

Was würdest du tun, Eve? Du würdest deinen Charme spielen lassen. Du würdest ihr in allem beipflichten, und im Handumdrehen wärt ihr wie Pech und Schwefel, und sie würde dir zugestehen, dass du natürlich auch weißt, wovon du redest.

Ich hingegen, ich laufe weg.

In gewisser Hinsicht, weißt du.

Genau genommen auf den Gang.

Und dort ist Tyler Pierce. Ich schätze, Toby geht es besser. Körperlich jedenfalls; er sieht wie ein Gespenst aus. Er läuft ziellos durch die Gegend. Er hat mich einen Moment lang angeblickt, und mir ist, als würde ich in all dem Elend ertrinken.

Ich möchte etwas zu ihm sagen – mein Beileid wegen Zack –, aber wer bin ich denn, und warum sollte ihn das kümmern? Ich kenne Zack nicht. Ich bin nur die Freundin einer Freundin. Ich bin nur ein Fangirl.

Vielleicht brauche ich einen Schluck Wasser. Vielleicht brauche ich ein wenig Abstand. Vielleicht sollte ich Charlie anrufen. Vielleicht sollte ich nicht hier sein. Ich hasse einfach alles und jeden, und mein Herz ist zu groß, und mein Körper ist zu klein, und ich will nach Hause, ich will nach Hause, und ich weiß nicht mehr, wo das ist, und ich denke nicht, dass ich jemals den Erwartungen gerecht werden kann. Keiner beachtet mich. Krankenhäuser eignen sich prima, um vor aller Augen in die Binsen zu gehen. Gott, führ dich nicht so verrückt auf, Finn. Nein, ich bin nicht verrückt. Du bist verrückt. Nein. Nein. Nein.

⊗

Eve.

Es ist Charlie.

Er ist hier. Er ist wirklich und leibhaftig hier, warme, vertraute Hände, zerknitterte Sachen, zerwuscheltes Haar und rote Augen wie zu der Zeit, als wir die ganze Nacht wach geblieben sind und Filmpremieren geschaut haben. Er hat nie besser ausgesehen.

Ich kann nicht glauben, dass er es herausgekriegt hat. Er ist ein Detektiv oder so. Ich habe ihm nicht gesagt, wo ich bin, nur dass ich weg muss. Offenbar ist er an meinen Computer gegangen (was für ein Albtraum, oh mein Gott, wenn ich nicht so fix und fertig wäre, würde ich deswegen die Krise kriegen) und hat meinen Blog gelesen.

Und er ist nicht böse.

Und ich habe das Gefühl, dass sich vielleicht doch noch alles zum Guten wendet.

Oder zumindest verspüre ich zum ersten Mal, seit ich von dem Unfall erfahren habe, nicht mehr diese durchdringende Panik, und das muss ein gutes Zeichen sein.

Er spricht jetzt mit der Ärztin, und ich weine nicht mehr so viel, und Toby hat sich eine Limonade aus dem Automaten gezogen.

Irgendwo geht dein wahres Leben ohne dich weiter. Irgendwo studieren die Mädchen aus deinem Wohnheim, machen Party und zerreißen sich das Maul über Joannes schräge Zimmergenossin, die übers Wochenende weggefahren und nicht zurückgekommen ist. Kein anderer Mensch an keinem anderen Ort, außer hier auf diesem übersauberen, übergrellen Gang, macht sich einen Kopf, wie es mit dir jetzt weitergehen soll.

Wir fahren heim, Eve.

Und du kommst mit uns. Ich nehme dich mit nach Hause.

GENA

Notizen der Psychiaterin

Dr. med. Beatrice Monroe,
Humber River Regional Hospital
Patientin: Genevieve Z. Goldman
1. Oktober

Die ersten zehn Minuten während des Termins (dritter Tag) war Genevieve so still wie am 29. und 30. September, aber zeigte mehr Interesse an ihrer Umgebung. Sie schob sich (trotz der bandagierten Hand) mit dem Rollstuhl etwas vor und zurück, nahm ein paar Anti-Stress-Spielzeuge vom Tisch und spielte damit. Anfangs stellte ich ihr einige Fragen über ihr Befinden, ob sie über irgendetwas reden wolle und ob sie verstehe, dass ich unsere Sitzung für meine persönlichen Akten aufnehmen würde. Wie am ersten und zweiten Tag antwortete sie darauf nicht.

Etwa zehn Minuten nach Sitzungsbeginn blickte sie jedoch zu meinem Diplom an der Wand auf und fragte mich, wo ich studiert hätte. Ich sagte es ihr und fragte, auf welche Universität sie gehe, aber sie gab keine Antwort.

Stimmungsverlauf

Name: GENEVIEVE GOLDMAN Monat: SEPT

	Tage	1	2	3	4	5	6	7	8	9	10	11	12	13	14	15	16	17	18	19	20	21	22	23	24	25	26	27	28	29	30	31
Gehoben	Stark																															
	Moderat																															
	Leicht																															
Normal																																
	Normal																															
Depressiv	Leicht																															
	Moderat																															
	Stark																													X	X	
Skala 0123	Angstzustand																													2	1	
	Reizbarkeit																													1	3	
	Gewicht																													62	61	
	Schlafdauer																													2	14	

Medikation: THORAZINE, CLOPIXOL, SERTINDOLE, QUETAPINE, CARBAMAZEPINE, PROPARONAL

FINN

Für dich:

Du wirkst vermutlich verdächtigt, wie du da in Charlies Kapuzenjacke auf dem Flughafen Toronto-Pearson schlafwandelst. Sie ist dir zu groß, und du bist zu blass und wirkst zu unbeteiligt. Deshalb hatten wir wahrscheinlich auch Probleme an der Sicherheitskontrolle. Ich hätte es wissen sollen. Du musstest allein durch den Metalldetektor gehen, aber das hast du gut hingekriegt, zumindest anfangs. Du hast die Kapuzenjacke und die Armbänder zusammen mit deinen Schuhen in eine der Schalen gelegt, sie auf das Laufband gestellt und bist durch das Tor gegangen. Einer der Sicherheitsbeamten hat dich auf der anderen Seite angehalten und etwas zu dir gesagt, was ich nicht verstehen konnte, und plötzlich habe ich hyperventiliert und wollte unbedingt zu dir. Vermutlich habe ich auch verdächtig ausgesehen.

Ich musste hilflos zuschauen, wie sie dich abgetastet haben. Es war eine Qual. Du hast so viel durchgemacht und konntest es nicht gebrauchen, dass Fremde dir in aller Öffentlichkeit in den Haaren herumwühlen. In den Haaren, echt jetzt? Was haben die denn geglaubt, dass du Heroin auf der Kopfhaut schmuggelst? Deine Schultern waren so angespannt, du hast gezittert, warst klein und verängstigt, und ich konnte nicht zu dir.

Dann hat Charlie die Sicherheitskontrolle passiert.

Er ist, sorgfältig auf Abstand bedacht, zu dir gegangen, sodass du ihn aus dem Augenwinkel sehen konntest, und hat lächelnd in eine der Schalen gegriffen und die Kapuzenjacke hochgehalten. Ich habe gesehen, wie du ihm zugeschaut und dich tatsächlich entspannt hast. Ich erinnere mich daran, wie er immer am Morgen vor einer Prüfung in meinem Wohnheim am College aufgetaucht ist, mir Omeletts gebracht und mit mir herumgealbert hat, damit ich entspannt in die Prüfung gehen konnte.

Ich liebe ihn so schrecklich sehr.

Er besorgt uns gerade etwas zu essen, und du bist ruhig,

hast dich zusammengerollt, mit dem Kopf auf deinen Rucksack gelegt und drückst ein Trinkpäckchen an dich. Du leerst es geräuschlos. Ich glaube, niemand in der Geschichte der Trinkpäckchen hat je eines geräuschlos geleert, aber du schaffst das mit angezogenen Beinen. Doch du machst jetzt alles lautlos. Du redest immer noch nicht viel, und wenn doch, verbreitest du die Hälfte der Zeit Lügen. Dumme Lügen. Sinnlose. Du hast Charlie erzählt, er müsse dir nichts zu essen besorgen, denn du hättest schon im Krankenhaus gegessen, aber wir waren beide den ganzen Tag bei dir und wissen, dass das nicht stimmt.

Im Taxi auf dem Weg zum Flughafen hast du mich gefragt, warum wir dich mitnähmen.

Ich habe das Erste gesagt, was mir in den Sinn gekommen ist. »Ich möchte dich in meiner Nähe haben.«

Du hast mich eine Minute lang skeptisch gemustert. »Ich sollte wohl lieber zu meinen Eltern fahren. Ich fehle ihnen sehr, wenn ich an der Universität bin. Sie werden sich aufregen, wenn ich nach Kalifornien fahre.«

Was ich nicht sagen werde, weil es zu traurig ist und weil du das ja ohnehin schon weißt, ist, dass deine Eltern weder angerufen noch eine SMS geschrieben, noch sich im Krankenhaus gemeldet haben, und soweit ich das erkennen kann, auch keine Nachrichten lesen. Oder vielleicht empfangen sie keine Nachrichten in Äthiopien oder was, zum Kuckuck, auch immer; ich schätze, Unfälle am Set einer drittklassigen Krimiserie machen vermutlich international nicht gerade Schlagzeilen. Wie dem auch sei, nichts lässt darauf schließen, dass sie wissen, was passiert ist. Plötzlich erscheinen mir die kleinen, lästigen Angewohnheiten meiner Eltern – mir Rezepte zu schicken, obwohl sie wissen, dass Charlie bei uns kocht, mich nach Freunden zu fragen, mit denen ich seit der Highschool nicht mehr geredet habe – so liebenswert und vertraut.

Nichts davon habe ich gesagt. Stattdessen habe ich erwidert: »Bitte komm mit uns. Wir fahren auch an den Strand.«

Du hast genickt und die Augen geschlossen. »Mir gefällt es am Strand.«

SMS-Chat mit den Eltern

Hallo, ihr.

2. Okt., 14:41

Mom: Stephanie?

Mom: Ist alles in Ordnung?

Ich steige gerade
in ein Flugzeug.

Dad: Urlaub?

Nach Hause, ich war in Toronto.
Habe eine Freundin besucht.

Dad: Du hast Freunde in
Toronto?! Was hast du uns
noch alles verschwiegen?

2. Okt., 14:46

Wollte nur sagen,
dass ich euch lieb hab.

2. Okt., 14:48

Mom: Stephanie, Liebling,
bist du sicher, dass es dir
gut geht?

Boarding beginnt, muss los.

Es ist ein langer Flug. Wir sind jetzt seit etwa vier Stunden in der Luft und Charlie lehnt schlafend am Fenster. Du hast meine Whiskey-Cola von meinem Klapptisch genommen, ohne mich zu fragen (ich hätte natürlich Ja gesagt, du kannst alles haben) und sie in einem Zug geleert. Dann hast du dich vorgebeugt, in der Tasche an der Rückenlehne des Vordersitzes herumgewühlt und eine Spucktüte herausgezogen.

»Musst du dich übergeben?«

»Glaub schon. Entschuldigen Sie«, hast du zu einem Flugbegleiter ein paar Reihen vor dir gesagt, und er kam mit einem breiten Lächeln angelaufen. »Haben Sie einen Stift? Ich muss ein Formular ausfüllen.« Dann das bezaubernde Lächeln, das ich aus Chicago kenne. Ich wünschte, ich würde dich nicht gut genug kennen, um diese Scharade zu durchschauen.

Das wünsche ich mir natürlich ganz und gar nicht.

Der Flugbegleiter hat dir einen Stift und ein kokettes Lächeln geschenkt und du hast ihm meinen leeren Becher in die Hand gedrückt. Nun hast du die Tüte flach auf deinen Klapptisch gelegt und schreibst mit gesenktem Kopf, damit ich nicht zuschauen kann.

Du hättest auch eine Seite aus meinem Notizbuch haben können, wenn du etwas zum Schreiben brauchst, weißt du. Du hättest das ganze bescheuerte Buch haben können.

Ich versuche, mich auf den Film im Bordfernsehen zu konzentrieren. Es ist eine Verfolgungsszene, die erstaunlicherweise schon 90 Minuten andauert. Ein Typ, der wie Jesse Eisenberg aussieht, es aber nicht ist, fährt auf einem Motorrad in halsbrecherischer Geschwindigkeit durch irgendeine US-Stadt und wird von den beklopptesten Gesetzeshütern verfolgt, die man sich vorstellen kann, denen es selbst mit Streifenwagen, Motorrädern und ausgeklügelten Waffen nicht gelingt, die Zielperson aufzuhalten.

Es hat mal so eine Folge bei Up Below gegeben. Die ist erst vor ein paar Monaten gelaufen. Tyler und Jake sind zu Fuß vor einer

Gruppe Bösewichte geflüchtet. Ich kann mich nicht mehr an die Einzelheiten erinnern, aber daran, dass Jake sich das Bein verletzt hat und nicht mehr über einen Zaun klettern konnte. Tyler ist umgekehrt und hat es mit den bösen Jungs aufgenommen, weil er Jake nicht im Stich lassen wollte. Es war eine gute Folge. Aber bei vielen in der Fangemeinde ist sie auf wenig Gegenliebe gestoßen. Ich glaube, es war sogar Tylergirl93 – Mallory –, die geschrieben hat, Jake könne es nicht einmal mit seinesgleichen aufnehmen und er werde immer ein Klotz an Tylers Bein bleiben.

Jake ist tot. Dieser Gedanke muss sich gerade selbstständig in meinem Kopf manifestiert haben, denn ich habe ihn nicht bewusst gedacht. Zack Martocchio ist tot, und das ist eine Tragödie, aber dass Jake tot ist, großer Gott, das bringt mich zum Weinen.

Wir beginnen unseren Landeanflug.

AUF DER RÜCKSEITE EINER SPUCKTÜTE AUF GENAS KLAPPTISCH

Ich wurde mit einem großen Kopf geboren, ~~zu~~
Ich wurde mit einem großen Kopf geboren, zu viel
Fantasie, keine Tiefenwahrnehmung
Ich wüsste nicht, warum ich leben sollte, außer

FÜHLEN SIE SICH BESSER?
Benutzen Sie die Tüte im Fall von Reisekrankheit

Außer, um dich weitermachen zu sehen

Beeil dich, es ist an der Zeit
Mir geht sie nie aus

Patent US 2547097 A

Für dich:

Charlie hat deine Taschen in das Gästezimmer gestellt - sieh mal einer an, wir brauchen wohl wirklich ein Gästezimmer - und ist dann gegangen, um dir ein wenig Privatsphäre einzuräumen oder Tee zu kochen oder dein Arsenal an Psychopharmaka irgendwo außer Sichtweite aufzustellen, ich weiß es nicht.
Du sitzt auf dem Bett, wendest das Gesicht von mir ab und blickst aus dem Fenster, das zu unserem Parkplatz und einem Gebrauchtwagenhändler und in weiter, weiter Ferne zu einer Reihe mit Büschen hinausgeht. So hast du dir deinen ersten Ausflug nach Kalifornien vermutlich nicht vorgestellt.

Ich habe dir etwas zu essen angeboten. Du warst nicht daran interessiert.

Ich habe dich gefragt, ob du gesehen hast, was passiert ist.

Ich kann nicht glauben, dass ich so etwas gefragt habe.
Ich kann es einfach nicht glauben, dass ich so etwas zu dir gesagt habe.

Nicht, dass ich darauf eine Antwort bekommen hätte.

Ich habe einen Stapel DVDs auf einem Regal gerichtet, um näher an dich heranrücken zu können. Ich bin nicht daran gewöhnt, so um dich herumtanzen zu müssen. In Chicago ging alles so einfach. In Providence haben wir mühelos wieder zueinandergefunden. Du bist noch nie anstrengend gewesen und das hier gibt mir den Rest.

Charlie hat eine Tasse Tee gebracht, und weil er keinen Platz zum Abstellen gefunden hat, halte ich sie nun. Es ist ziemlich schwierig, so zu schreiben, aber alle Flächen sind zugestellt.
Wir haben nicht oft Gäste. Wir nehmen das Zimmer als Abstellkammer für alles, für das wir sonst keine Verwendung haben.

Ich bin so, so müde. Ich habe ihn wegen dir verlassen.
Dann habe ich dich wegen ihm verlassen. Ich liebe euch beide.

Zack ist tot. Jake ist tot. Alles geht vor die Hunde, und ich möchte weinen, einfach zusammenklappen und mir keine Sorgen mehr machen müssen.

Der Tee ist für dich, und ich sollte das nicht tun, aber er riecht warm, vertraut und als ob sich jemand um mich kümmern würde, und plötzlich ist die Tasse halb leer.

Gott, ich fange gleich an zu weinen.

Ich liebe euch beide so sehr. Und es geht dir so schlecht.

Mann, ich weiß nicht, was ich machen soll, außer dich festzuhalten und darauf zu warten, dass die Dinge anfangen, sich zu fügen.

Ich weiß nicht, wie lange wir hier schon sitzen, mittlerweile ist die Sonne untergegangen, und du lehnst dich mit halb geschlossenen Augen an mich. Du hast nicht mehr geschlafen, seit sie im Krankenhaus die Beruhigungsmittel abgesetzt haben. Schlaf, Eve. Träum etwas Schönes für mich.

⊗

SMS-Chat mit Charlie

bist du wach?

ja. du?

… okay, dumme frage.

3. Okt., 3:03

also … kommst du dann mal ins bett?

3. Okt., 3:05

finn?

3. Okt., 3:09

ich will sie nicht allein lassen, charlie.

3. Okt., 3:12

fühlst du dich zu ihr hingezogen?

3. Okt., 3:13

darum geht's nicht

für mich schon

echt? nachdem ich dich verlassen und mitten in der nacht durch das ganze land geflogen bin, um bei ihr zu sein, und das gleich zweimal? das ist okay, aber ob ich sie attraktiv finde, beunruhigt dich?

weiß nicht

na, ich auch nicht

wie kannst du das nicht wissen

ich bin durcheinander, okay?

vielleicht liebe ich ja zwei menschen, und das macht mich zur schrecklichsten person, die ich kenne.

und eve verliert den Verstand, lügt fremde an und schreibt komische gedichte auf irgendwelche papierschnipsel, und zack martocchio ist tot, und

3. Okt., 3:24

jake ist tot?

ich bin ein ganz
furchtbarer mensch

komm ins bett,
furchtbarer mensch.

>>UpBelowFiesta: Die Party geht weiter

4. Oktober

Appell:

Mittlerweile haben die meisten von uns von dem Brand am *Up-Below*-Set erfahren. Ein Haufen unverantwortlicher Gerüchte macht die Runde, also versuche ich hier mal, einige davon aus der Welt zu schaffen – und ich poste nur BESTÄTIGTE FAKTEN, Leute, kein Hörensagen. Wenn euch etwas über die Schauspieler oder Filmcrew zu Ohren gekommen ist, lasst es mich in den Kommentaren wissen, aber bitte kein Klatsch und Tratsch, sondern nur belastbare Informationen.

Also, die Fakten:

Wir wissen, dass es Carl Casden gut geht, denn er hat ein Interview gegeben. Darin hat er ein Krankenhaus in Toronto erwähnt, nicht jedoch, wer dort behandelt worden ist.

Dieser Artikel lässt mehrere Todesopfer vermuten.

Wir haben ein Foto von Toby Frost am Flughafen. Man kann das Datum an der Flug-Anzeigetafel hinter ihm erkennen, also wissen wir, dass die Aufnahme nach der Explosion entstanden sein muss.

Hat jemand etwas von Zack Martocchio, den Autoren, den Showrunnern etc. gehört? Bitte Kommentar abgeben!

>>>>Tylergirl93 hat diesen Beitrag rebloggt und geschrieben: Dieser Artikel bestätigt die drei Todesopfer. Gott sei Dank ist Toby okay.

>>>>MioMy schreibt: Was von _EvenIf gehört?

>>>>Tylergirl93 schreibt: Nein.

>>>>finnblueline schreibt: _EvenIf ist in Sicherheit bei ihrer Familie.

GENA/FINN

Auf der Rückseite eines Rezepts für Tilapia mit Sellerie und Schnellkochreis

Als Jake mein Bruder war, war es heißer
Los Angeles und Staubwolken und spanische Schreie
Wir tranken Kool-Aid aus Plastikflaschen
Wir drehten die Deckel ab und ließen sie auf dem
schwarzen Boden liegen
Den mit den sorgfältig platzierten Leuchtkreuzen und
-kreisen
Dort stehst du, dort bewegst du dich
Zack und Genny flimmerten zusammen über den Bildschirm
Angekündigt unter falschem Namen
Und Jake und ich zogen uns im Aufenthaltsraum aus
und entwarfen SMS für Alanah

⊗

Für dich:

Manchmal ist es mit dir wieder wie in Chicago, als alles einfach war, Spaß gemacht und sich einfach so ergeben hat. Abgesehen davon, dass es jetzt sogar noch besser ist, denn Charlie ist bei uns, um sich ein Bild von uns zu machen, damit du ihn kennenlernst und damit ich herausfinde, wie das alles zusammenpassen könnte. Er mag dich. Das erkenne ich an der Art, wie er dir das Haar zerwuschelt, bevor er zur Arbeit geht, und daran, dass er dir Bierdeckel aus der Bar mitbringt, weil er bemerkt hat, dass du die, die in unserem Haus herumliegen, einsammelst.

Ich hatte wirklich, wirklich gehofft, alles würde sich zusammenfügen.

Aber so funktioniert es überhaupt nicht, und nicht aus den Gründen, die ich vielleicht erwartet hätte. Charlie hat Angst, aber er gibt sich Mühe. Ich falle jede zweite Nacht neben dir in den Schlaf und das ist warm und gemütlich. Und er schaut bei uns herein, bevor er ins Bett geht und lächelt väterlich, und an einem denkwürdigen Abend hat er dir eine Decke gebracht und dich auf die Stirn geküsst, und du hast seine Hand kurz gedrückt, bevor er hinausgegangen ist.

Gestern Abend haben wir alle zusammen Fernsehen geschaut – irgendetwas Seichtes mit eingespieltem Lachen, das dich nicht zu sehr ins Grübeln bringt –, und nun bin ich mitten in der Nacht wach, starre auf das blaue Flimmern des Bildschirms nach Sendeschluss, und ihr beide habt euch wie Katzen zusammengerollt.

Ich wünschte, ich könnte behaupten, alles wäre jetzt besser, Eve. Und wie ich mir das wünsche.

⊗

Auf verschiedenen Bierdeckeln aus Charlies Bar

Als Jake mein Bruder war, war es stärker als Eiche
Es waren Schaukeln aus Pappelholz, die einem den Rücken aufkratzten
Wenn man herunterfiel
Es gab Menschen, die mich Genny nannten
Und Menschen, die dich Zack nannten
Als Jake mein Bruder war
Als man die Dinge berühren konnte

Ich weiß, dass du es warst, denn du hast mich gehalten
Als die Stimmen verschwanden
Du hast mich vor Abgabeterminen abgelenkt
Du hast mich in eine Decke gewickelt in meinem Wohnheim an Montagabenden
Als du mein Bruder warst, hatten wir Pornografie in unseren Köpfen und ahnten nichts davon

⊗

Für dich:

Heute ist der Tag, an dem ich zum ersten Mal wieder zur Arbeit gegangen bin. Zumindest hätte es so sein sollen. Tatsächlich hat sich herausgestellt, dass heute der Tag ist, an dem ich meinen Job verloren habe. Und außerdem zufällig auch der Tag, an dem du den Verstand verloren hast.

Ich habe es echt nicht kommen sehen. Ich weiß nicht, wie es passiert ist. Man kann gewiss nicht behaupten, dass ich die Mitarbeiterin des Jahres gewesen wäre. Ich habe wohl vergessen, dass für die anderen die Sonne nicht mit dir auf- und untergeht. Ich habe mir wohl eingeredet, dass alles in Ordnung sei.

Meine Sachen haben in einer Kiste hinter dem Empfangstresen gestanden. Die Empfangsdame hat sie mir ausgehändigt, ohne erkennen zu lassen, ob sie mich überhaupt kennt, und dann ist ein Manager gekommen und hat mich aus dem Gebäude eskortiert, falls ich gewalttätig werde oder so. Das hätte mir wahrscheinlich mehr zusetzen sollen, als es der Fall ist, aber in Wahrheit war ich einfach erleichtert. Du warst mit Charlie allein zu Hause, der während des Tages oft schläft und dich einfach nicht so gut kennt wie ich. Er kann sich nicht so gut um dich kümmern wie ich. Ich möchte diejenige sein, die sich um dich kümmert. Ach, Mensch.

Dir geht es einfach nicht besser, es ist der blanke Horror, und ich sitze hier, kann nicht schlafen und lasse mir das Geschehene immer wieder durch den Kopf gehen, anstatt mir Sorgen zu machen, wo, zum Teufel, das Geld von nun an herkommen soll.

Charlie hat Spaghetti zum Abendessen gemacht. Er kocht gern und ich esse gern. Ein perfektes Paar. Er war ganz erwartungsvoll und süß, wie er das erste Mal einen Teller mit Essen vor dich hingestellt und versucht hat, seine Aufregung zu verbergen durch Small Talk über die Arbeit und die Sonderschichten, die er nun schiebt, weil wir das Geld brauchen.

Du hast in den Spaghetti auf deinem Teller herumgestochert.

»Sind sie nicht gut?« Charlie ist sonst nicht so versessen darauf, es anderen recht zu machen. Er mag dich. Er will dir gefallen. Mein Charlie.

Du hast genickt, zu schnell, zu vehement.

»Eve, was ist los?«

»Hör auf«, hast du geflüstert und die Knie an die Brust gezogen. »Hör auf, hör auf …«, und dabei hast du Tränen in deine Spaghetti vergossen, die Hände an die Ohren gepresst und unablässig den Kopf geschüttelt.

Jetzt sitzt du im Bett, weinst immer noch, wiegst dich vor und zurück, und ich habe mich noch nie so hilflos gefühlt. Ich weiß nicht, was ich machen soll.

»Sei still«, höre ich dich flüstern. »Ich gehöre dir nicht.«

⊗

Für dich:

Ich bin mitten in der Nacht allein aufgewacht. Wir sind zusammen im Gästebett eingeschlafen, aber als ich aufgewacht bin, warst du weg.

Charlie hat im Schlafzimmer ausgebreitet auf der Matratze gelegen, von dir keine Spur. Die Küche war dunkel und leer. Ich habe in allen Ecken nachgeschaut. Nichts.

Davor habe ich seit Tagen Angst. Wenn du erst mal die Wohnung verlassen hast, könntest du praktisch überall sein. Du kennst die Stadt nicht und du hast deinen Verstand nicht beisammen. Du könntest durch die Straßen irren oder entführt werden oder … Scheiße, daran möchte ich nicht einmal denken.

Es gibt Phasen, wo es einigermaßen ruhig ist, und dann explodiert die Welt.

Nein, das ist nicht gerechtfertigt.

Es ist nicht gerechtfertigt, den Klang von zersplitterndem Glas im Badezimmer mit einer Explosion gleichzusetzen. Nicht jetzt. Nicht mehr.

Aber mein Herz hat wie wild gerast, es hat sich immer noch nicht beruhigt, die Badezimmertür war verschlossen, du hast nicht geantwortet, Flecke haben vor meinen Augen getanzt, und Charlie hat plötzlich wie aus dem Nichts hinter mir gestanden und mit seiner »ich glaube, du hast genug getrunken«-, seiner »leg dich bloß nicht mit mir an«-Stimme herumgebrüllt.

Ich habe seit Tagen Angst, dass du mir entgleitest.

Scheiße, ich will nicht weinen, ich möchte jetzt nicht die Kontrolle verlieren.

Ich habe dich gefunden, wie du im Dunkeln gestanden, auf die Überbleibsel des Spiegels gestarrt hast und deine Hand voller Blut und Scherben war.

»Ich musste die Echte töten«, hast du mit einer Stimme geflüstert, die ich nie vergessen werde.

⊗

Auf einem Zettel am Kühlschrank

Ich weiß, dass du es warst, weil Zack in Interviews strahlte
und sein shakespearisches Kind der Liebe küsste
Du warst derjenige, der bei mir war
Du warst der große Bruder und ich die kleine Schwester
Wir waren Gena und Jake

Als Jake mein Bruder war, war Zack lebendig
Weit weg, in einer fremden Fantasie
Verbrannte voller unangebrachter Inbrunst
Die Anatomie deiner Maschine

⊗

Für dich:

Heute war ich auf dem Dach.

Ich hätte nie geglaubt, dass ich einmal hier raufgehe. Das wäre mir freiwillig nie in den Sinn gekommen.

Der Wind spielt mit den Seiten meines Notizbuchs, entschuldige daher meine unleserliche Schrift. Ich muss das Buch mit einer Hand festhalten und mit der anderen schreiben.

Es ist ein Wunder, dass ich überhaupt hier oben bin. Ich bin gerade vom Briefkasten zurückgekommen (Rechnungen, Rechnungen und ein Carepaket von meiner Mutter, in dem sich vermutlich ein paar Zeitungsartikel über die Kriminalitätsrate in San Francisco und Los Angeles befinden, denn sie hat immer noch nicht begriffen, dass ich nicht dort wohne, und bestimmt auch ein Glas Nutella). Im Flur war es zugiger als sonst, und einem Impuls folgend habe ich um die Ecke geschaut, in der sich die Tür zur Feuerleiter befindet und festgestellt, dass sie offen war.

Du hast Glück, dass das Alarmsystem noch nie funktioniert hat, seit wir eingezogen sind.

Es war mir natürlich klar, dass du das warst. Ich meine, theoretisch hätten es auch die Kiffer von gegenüber oder ein Pärchen auf der Suche nach einem fast-romantischen Ausblick auf die Fast-Stadt für ein Schäferstündchen sein können, aber ich habe es besser gewusst.

Als ich dich gefunden habe, hast du am Rand des Dachs gesessen und die Füße darüber baumeln lassen, und ich habe nach dir gerufen.

Du hast mich nicht angeblickt. »Hast du die Sterne gesehen?«

»Was?«

»Komm her, sieh sie dir an.«

Ich bin über das Dach gelaufen und habe mich neben dich gesetzt und du hast dich nicht wie gewöhnlich an mich gelehnt. Stattdessen hast du dich vorgebeugt über den Rand. »Weißt du, wie weit es bis zum Mond ist?«

Ich habe es nicht gewusst.

»Dreihundertfünfundachtzigtausend Kilometer durch den leeren Raum.« Du hast deinen Körper ein wenig kreisen lassen, weg von mir, über den leeren Raum unter dir und zurück.

»Komm wieder rein, Süße.«

»Bin ich das gewesen?«

Ich habe dir den Arm um den Rücken gelegt und dich an mich herangezogen. Du hast mich gewähren lassen.

»Siehst du den Stern?«

»Ja.«

»Das ist meiner.«

»Das ist deiner?«

»Für Wünsche. Es ist mein Glücksstern.«

»Erfüllen sich deine Wünsche?«

Du warst so lange still, dass ich nicht mehr mit einer Antwort gerechnet habe, oder vielleicht haben dich ja auch die Stimmen in deinem Kopf wieder verfolgt, aber dann hast du dich an meine Schulter geschmiegt. »Manchmal.«

»Manchmal ist doch gut.«

»Manchmal ist manchmal schlecht.«

»Stimmt.«

Dann bist du wieder reingegangen, und ich sitze immer noch hier draußen, denn ich bringe es nicht fertig, in mein kopfstehendes Leben und zu den Menschen zurückzukehren, die ich im Stich lasse. Also bleibe ich hier und suche selbst nach einem Glücksstern.

Nicht, dass ich eine Ahnung hätte, was ich mir wünschen soll.

⊗

Auf Genas Beinen mit giftgrünem Filzstift

Als ich Alanah erstmals begegnete, fand ich sie künstlich
Sie hatte blondes Haar und sexy Haifischzähne
Alanah ist eine Frau, die rückenfrei tragen kann
Bei Alanah fragt man sich, wo das Klebeband ist und was
sie so straff spannt

Sie erinnerte mich an Nala, eine Eidechsenfrau mit wilden
Haaren und pinken Augen
Sie kroch aus allem, was sie für einen Tunnel hielt
Sie steckte mir gern die Zunge ins Ohr und ließ sie kreisen
Meine
Meine, meine
Sie war es, die das Feuer entfachte

Alanah, Nalanah, liebte mich
Ergoss sich in mich wie Wasser aus einer Rinne
Wir haben nie grell und lodernd und voller Liebe gebrannt
Wir haben nie zusammen gelacht, gekämpft, geweint oder
uns auf einem Wohnheimbett aneinandergekuschelt
Wir haben die Welt nie in Brand gesteckt

⊗

Ein Brief auf dem Küchentisch

Hallo Liebes,

die Universität hat uns versprochen, diesen Brief an dich weiterzuleiten. Wir haben so oft versucht, dich anzurufen. Wir haben dir mehrere E-Mails geschickt. Kannst du uns bitte die Telefonnummer von deinem derzeitigen Aufenthaltsort geben? Wir würden dich gern zu uns holen. Wir können uns vorstellen, dass das, was passiert ist, unglaublich schlimm für dich gewesen sein muss. Komm zu uns und sprich mit uns darüber, ja? Und wenn du noch nicht bereit dafür bist, lass uns bitte baldmöglichst wissen, wie wir deine Gastgeber erreichen können, damit wir dafür sorgen können, dass sie alles haben, was sie brauchen, um sich um dich kümmern zu können.

Spike und Thomas vermissen dich.

Küsschen,
Tante Jane

⊗

Brief, aufgerissen und wieder zugeklebt

Liebe Frau Goldman,

die Oakmoor University hat Ihren Brief an uns weitergeleitet. Mein Name ist Stephanie Bartlett und ich bin eine Freundin von Gena. Sie wohnt momentan bei mir, aber ich habe ihr Ihren Brief gegeben, damit sie weiß, dass sie noch andere Optionen hat.

Gena ist derzeit nicht zum Reden aufgelegt, aber es geht ihr ganz gut. Jetzt steht sie gerade in meiner Küche und bäckt ein Brot, das wir heute Abend essen wollen, wenn wir Zeichentrickfilme schauen. Das ist alles, was sie sich derzeit im Fernsehen ansehen mag, was wohl auch verständlich ist.

Ihre Genesung schreitet hier in Kalifornien ziemlich gut voran, sie geht zu einer Traumahilfe-Gruppe, und das scheint ihr zu helfen – daher bin ich mir nicht sicher, ob es eine gute Idee ist, sie von hier wegzubringen. Sie können mich jederzeit unter 618-555-0500 anrufen. Ich weiß, dass Sie sich Sorgen machen.

Mit freundlichen Grüßen
Stephanie Bartlett

Auf der Rückseite eines Flyers der Traumahilfe-Gruppe von Montgomery Village

grelle lichter, kleiner raum
hier ist ein mädchen von etwa acht jahren

finn hat mir heute morgen einen pferdeschwanz gemacht

der junge neben mir lächelt

ich wette, er könnte einmal in der woche
die welt retten

Für dich:

Charlie macht wieder Überstunden, und daher sind wir, was das Abendessen betrifft, auf meine zweifelhaften Kochkünste angewiesen. Ich hoffe, du magst Dosensuppe.

Ich habe dir heute Zyprexa besorgt. Ich musste deine Seelenklempnerin in Connecticut anrufen und die Situation erklären. Oder vielmehr, sie kurz umreißen. »Es hat einen Unfall gegeben, und Gena wohnt eine Weile bei mir«, scheint die passendste Beschreibung und gleichzeitig weit davon entfernt zu sein.

Ich bin mir nicht sicher, was ich erwartet hatte – vielleicht, dass sie Anteilnahme zeigt oder uns zumindest keine Steine in den Weg legt –, aber so funktioniert das bei Seelenklempnern wohl nicht. Das ist sicher kalter Kaffee für dich. Du bist vermutlich daran gewöhnt, darüber zu diskutieren, ob du die Tabletten eigentlich brauchst, die sie dir verschreibt. Es ist vermutlich nichts Neues für dich, dass diese winzigen Fläschchen 300 Dollar kosten, die ich von unseren ohnehin nur noch spärlichen Rücklagen abgezweigt habe. Ich weiß nicht so genau, wie wir uns das Folgerezept für den nächsten Monat, geschweige denn etwas zu essen leisten sollen. Ich muss eine Arbeit finden, aber ich kann dich hier nicht den ganzen Tag allein lassen. Obwohl du vermutlich zurechtkommen würdest. Vermutlich. In zwei Tagen hast du Geburtstag und ich habe nicht einmal Geld für ein Geschenk. Vielleicht für einen Kuchen.

Herrje, kein Kuchen, Scheißkerzen, Mist.

Ich habe die Suppe in der Mikrowelle erhitzt, denn ich bin eine Null in der Küche, und ich habe deine nicht so stark erhitzt, wie ich es sonst getan hätte. Du hast am Tisch gesessen und darin herumgerührt und zugeschaut, wie die Suppe sich in der Schüssel dreht, als wäre es etwas ganz Faszinierendes, aber zumindest hast du keine Tränen in die Schüssel vergossen und nicht mit den Stimmen in deinem Kopf geredet, also werte ich das Abendessen als Erfolg.

Meine Versuche, dich zu bewegen, über die Gruppentherapie zu sprechen, waren erfolglos. In Chicago warst du so lebhaft. Du hast ohne Punkt und Komma geredet. Jetzt muss man dir alles aus der Nase ziehen. Offenbar musstest du heute nichts sagen, was wahrscheinlich nett von ihnen ist, aber irgendwie wünsche ich mir, dass sie dich zum Reden gebracht hätten, wenn ich ehrlich bin. Ich wünsche mir, dass sie dich dazu bringen würden, dich auf den Hintern zu setzen, um herauszufinden, was mit dir los ist, und dass sie mich dann anrufen und mir sagen, was ich tun soll, um es wieder in Ordnung und dich zum Lächeln zu bringen. Ich weiß, dass es nicht so läuft. Wirklich. Ehrlich.

Es gibt einen Jungen. Steven.

Er hatte einen Unfall, sagst du. Er versteht es, sagst du. Das ist schön. Du magst ihn. Er versteht es.

Ich weiß nicht, warum ich mich so aufführe.

Es ist gut, dass du einen Freund gefunden hast. Es ist gut, dass es jemand versteht. Jemand versteht deine Gefühle. Du hast jemanden, mit dem du reden kannst, jemanden, den du magst.

Ich habe eben nur gedacht, dass ich das bin.

Aber dir geht es heute gut (na ja, relativ gut), du weinst nicht, du redest ein bisschen mehr, und ich liebe dich, und damit muss ich mich wohl zufriedengeben.

Zerknüllt im Papierkorb

Liebe Genevieve Goldman,

mit tiefer Anteilnahme haben wir von Ihrem schrecklichen Erlebnis und Ihrer Bitte um Freistellung vom Unterricht in Oakmoor erfahren. Ihre persönlichen Sachen haben wir zu Ihnen geschickt, sie sollten in Kürze eintreffen. Dürfen wir Ihnen unser aufrichtiges Beileid aussprechen? Wir hoffen, dass wir Sie auf dem Campus begrüßen dürfen, sobald Sie bereit sind, das Studium in Oakmoor wiederaufzunehmen. Sie bleiben auch in Ihrer Abwesenheit ein wichtiges Mitglied der Gemeinschaft von Oakmoor.

Außerdem haben wir begonnen, Ihnen die Post an diese Adresse nachzusenden, und bald sollten Sie die ersten Briefe erreichen.

Mit freundlichen Grüßen,

Caitlin Fordham

Caitlin Fordham, Dekanin

Am Kühlschrank,
mit einem Schildkröten-Magneten befestigt

Liebe Genevieve,

wir alle hier in Stoneyhall wollten uns bei Ihnen melden, sobald wir von dem Unglück erfahren hatten, aber ich habe mit allen Mitteln darum gekämpft, Ihnen als Erste schreiben zu dürfen. Es tut uns so unglaublich leid, dass Sie Zeugin so tragischer Ereignisse geworden sind, Genevieve. Es ist immer schrecklich, wenn jemand aus unserer Mitte eine so traumatische Erfahrung machen muss, und besonders, wenn es ein so aufgewecktes, teilnahmsvolles Mädchen ist wie Sie.

Seien Sie gewiss, dass Sie in unseren Herzen sind und dass wir immer, immer für Sie da sind, wenn Sie uns brauchen. Wir hoffen, dass Sie sich bei uns melden, wenn wir Ihnen in irgendeiner Weise behilflich sein können. Und Sie können sich an jeden von uns wenden, wenn Sie jemanden zum Reden brauchen. Ich habe meine persönliche Telefonnummer unten auf den Brief geschrieben. Sie können mich jederzeit anrufen.

Herzliche Grüße,
Ms Esme Prevot
(203) 555-0533

Für dich:

Es ist spät. Draußen ist es dunkel. In ein paar Stunden geht es ins Bett.

Du sitzt an deinem Computer.

Das ist keine gute Idee. Zweifelsohne vermehren sich die Gerüchte über den Unfall in der Fanwelt immer noch explosionsartig (pass auf deine Wortwahl auf, meine Güte, und sag das bloß nicht laut, Finn). Ich halte mich fern von meinem Computer, seit ich berichtet habe, dass du am Leben bist. Ich will nicht wissen, was die anderen sagen.

Die Sache ist, dass für die meisten Fans Jakes Tod die eigentliche Tragödie ist. Und ich weiß nicht, wie es mir mit der Tatsache ergeht, dass ich ernsthaft um einen fiktiven Charakter trauere, wo doch echte Menschen gestorben sind. Was ich weiß, ist, dass Zack dein Freund war, dass du meine Freundin und in einem schrecklichen Zustand bist und dass du nicht lesen solltest, wie die Leute um Jake trauern.

Ich habe mich bemüht, dich davon abzuhalten, dich abzulenken, auf irgendeine Weise einzugreifen. »Was machst du da?«

»E-Mails checken.«

»Nur E-Mails?«

Du hast verstanden, worauf ich hinauswollte. »Nein.«

»Warum sehen wir uns nicht einen Film oder so an?«

»Keine Lust.«

»Eve …«

»Kannst du das mal lassen, Finn? Kannst du einfach mal für fünf beschissene Minuten versuchen, nicht alles wiedergutmachen zu wollen?«

Und das hat wehgetan, tut es immer noch, und ich kann es nicht einmal abstreiten. Natürlich versuche ich, alles wiedergutzumachen. Was würdest du denn tun, Eve? Du würdest mich umarmen und mir Witze erzählen, bis es mir besser geht. Aber ich mache das schon seit Tagen und es geht dir nicht besser. Das ist zu groß. Ich kann nicht helfen.

Nun sitzen wir also seit zwanzig Minuten hier, zwanzig Minuten, in denen ich auf der Couch vor dir hocke, sämtliche Muskeln angespannt habe, und so tue, als würde ich eine Reality-Show schauen, aber stattdessen auf jeden Mausklick und jeden Tastaturschlag lausche, und jetzt endlich schließt du den Deckel deines Laptops. Du wirkst okay. Du wirkst ruhig. Du kommst zu mir, setzt dich neben mich auf die Couch und keine von uns sagt etwas. Du starrst gemeinsam mit mir auf den Fernseher, und wir sehen Menschen zu, die nicht Jake und nicht Tyler sind, und wir reden nicht über das, was wir hier eigentlich machen.

Ich frage dich nicht, was du auf dem Computer gesehen hast.

Du sagst es mir nicht.

Du lässt deine Wange an meine Schulter sinken, als wäre nichts geschehen.

Du weinst nicht.

Du weinst nicht, weinst nicht, weinst nicht.

Blog von Tylergirl93

– Tyler Pierce für immer verfallen –

17. Oktober

Okay.

Ich denke, es ist so viel Zeit verstrichen, dass wir darüber reden können.

Ich möchte mit dem beginnen, was wir sicher alle fühlen – Zack Martocchio war ein guter Mensch. Er hat seinen Fans viel Zeit und Talent gewidmet, und er hat großen Anteil daran, dass *Up Below* die unverbesserliche Serie ist, die uns allen so ans Herz gewachsen ist. Er ist zu früh von uns gegangen.

Aber die Ankündigung, dass die Serie weitergehen wird, beweist nur, was wir ohnehin schon alle gewusst haben – dass die Serie anpassungsfähig ist und stark bleiben wird, was auch geschieht. Ich denke, Zack hätte es so gewollt. Ich glaube, wir werden bei Tyler eine großartige Entwicklung erleben – er wird waghalsig, rachsüchtig und zornig sein.

Ich deaktiviere die Kommentarfunktion bei diesem Beitrag, denn ich möchte mich nicht mit ein paar Jakegirls anlegen. Dafür ist jetzt selbstredend nicht der passende Moment.

0 Kommentare

Hey Gena,

okay, ich schicke dir das jetzt an vier verschiedene Adressen, weil ich keine Ahnung habe, welche die richtige ist. An deiner Universität haben sie mir mitgeteilt, du wärst nicht mehr da. Und sie konnten mir überhaupt nicht sagen, an welche Adresse ich es schicken soll, sondern haben vorgeschlagen, dass ich es zu ihnen sende und sie es weiterleiten. Oakmoor ist wirklich das Letzte, Baby. Aber nun: Grüße an alle falschen Genas und hoffentlich auch an die richtige. Auf jeden Fall hoffe ich, dass dir der Lolli mit dem Wirbelmuster gefällt. Ich habe eine Menge Geld dafür rausgeschmissen.

Ich vermisse dich, Süße. Sag mir, ob ich dich besuchen kommen kann, okay? Dann machen wir Kalifornien unsicher.

Ruf mich bei Gelegenheit mal an, ja? Erinnerst du dich noch daran, wie wir uns Lieder ausgedacht haben, um uns unsere Telefonnummern einzuprägen?

Ich vermisse dich, Gena. Nett, euch kennengelernt zu haben, falsche Genas.

Alles Liebe,
Alanah

⊗

Für dich:

Du weinst.

Ich kann dich in der Dunkelheit hören. Es ist so dunkel, dass ich mich gegen das Fenster pressen muss, damit ich genügend Licht zum Schreiben habe. Dein Weinen ist schwer und langsam, das Krankenhausweinen, und so still, dass ich es gar nicht wahrgenommen habe, bis ich gemerkt habe, wie das Bett unter mir leicht bebt.

»Hey.« Ich habe dir übers Haar gestrichen. »Hey, ist doch gut.«

Du hast den Kopf geschüttelt, und ja, ich weiß, dass das nicht stimmt. Ich weiß.

»Möchtest du darüber reden, Eve?«

»Nein.« Es war kaum ein Flüstern. Du hast immer noch nicht darüber geredet. Das fühlt sich langsam merkwürdig an. Wir sprechen über alles. Du entgleitest mir, und das sollte mich nicht weiter beunruhigen, denn du entgleitest dir selbst ja auch. Wir müssen einen Weg finden, wie wir dich auffangen, wir beide gemeinsam. Bitte gemeinsam.

»Was geht in deinem Kopf vor?«, habe ich es versucht und dir das Haar aus dem Gesicht gestrichen.

»Alles. Scheiße, alles.« Du hast die Augen geschlossen und zitternd dagelegen.

Weil ich nicht weiß, was ich noch machen soll, schreibe ich weiter, lege eine Hand auf deinen Rücken und singe Lieder aus alten Fernsehserien, deren Text ich nicht kenne, und ich fülle die Lücken mit Summen und wahllosen Silben. Wenn du nicht mit mir reden willst, werde ich den Raum zwischen uns mit allem füllen, was ich habe, so lange, wie ich kann.

Du schluchzt noch immer ein bisschen, leise.

»Es war meine Schuld.« Das sagst du nun schon seit einer Weile, egal, wie sehr ich dir über den Rücken streiche und versuche, dir diese Gedanken zu vertreiben.

Ich werde einfach hier bleiben und Lieder in dein Ohr hauchen, bis du einschläfst, während ich auf deinen bebenden Rücken und zu den Lichtern des Gebrauchtwagenhandels hinausstarre, die die ganze Nacht nicht verlöschen.

Was, wenn ich dir wirklich nicht helfen kann?

GENA

Hallo Liebes,

es tut uns leid, von dem Unfall zu hören! Und ich muss sagen, dass es uns ein bisschen verletzt hat, dass du dich nicht an uns gewendet hast. Stell dir vor, wie es ist, wenn man die Nachricht, dass du bei einer Explosion dabei warst, von jemandem erfahren muss, der sich als Key Grip vorstellt! Wir haben unzählige Male versucht, dich anzurufen. Wir haben dir mehrere E-Mails geschickt. Kannst du uns die Nummer von den Leuten geben, bei denen du wohnst?

Wir haben diese Adresse vom Humber River Hospital bekommen. Bitte gib deiner Freundin Stephanie meine Kontaktdaten zusammen mit dem beigelegten Scheck für ihre Unkosten, während du ihr Gast bist. Wir haben gehört, dass du dich von der Universität freistellen lassen hast. Wenn du willst, kannst du bei uns wohnen, bis du in der Lage bist, das Studium fortzusetzen.

Spike und Thomas vermissen dich.

Küsschen,
Tante Jane

⊗

Ich glaube, das ist die einzige Methode, mit der ich NOCH NICHT versucht habe, dich zu erreichen. Kannst du mir bitte mitteilen, ob es dir gut geht? Ich verspreche, dass ich dich danach in Ruhe lasse. Ich wollte einfach … Scheiße, Gena.

J

⊗

Die Victoriafälle (Mosi-oa-Tunya) befinden sich am Fluss Sambesi an der Grenze zwischen Sambia und Simbabwe. Am höchsten Punkt fällt das Wasser 108 Meter tief. Damit sind die Victoriafälle mehr als doppelt so hoch wie die Niagarafälle auf amerikanischer Seite.

KÄFER,
DAS SIND DIE VICTORIAFÄLLE, DIE GRÖSSTEN WASSERFÄLLE DER WELT! WAS FÜR EIN ANBLICK. ICH WÜNSCHTE, DU KÖNNTEST DAS AUCH SEHEN! WIR VERMISSEN DICH AUS SIMBABWE!

ALLES LIEBE,
DADDY

In Finns Skizzenbuch

eines tages werde ich ein perfektes epos schreiben
mein magnum opus
und ich werde es nennen

tylergirl93 ist eine dämliche kuh

das wird meine hinterlassenschaft, ein gottverdammter riesiger mittelfinger
für jeden, der denkt
es sei vielleicht besser so
die serie sei vielleicht jetzt stärker
als ob irgendetwas jetzt stärker sein könnte

als ob der tod eines menschen wäre, wie gewicht abzuwerfen
wie ein pünktchen
ein hundertsechzig pfund schwerer junge aus der fernsehzeitung
mit einem hundertdreißig pfund schweren, dürren, zitternden
häufchen unglück in den armen der bruderfigur
ein neunzig pfund schwerer man of the house
der nun weg ist, und die last ist ein wenig leichter

aber eigentlich
gibt es einen menschen weniger, der es aufnimmt mit diesem scheißhaus
von einer welt

wir brauchen jeden
alle hände und beine und fäuste an bord, um uns aufrechtzuhalten,
arm in arm verschränkt, wie cheerleader in einer pyramide
wie gottverdammte krieger

wir brauchen jeden
abgesehen vielleicht von tylergirl93
denn sie ist eine dämliche kuh

⊗

Auf einer sorgfältig zusammengefalteten Seite eines Notizbuchs

Steven hat Fingernägel, die ein bisschen zu lang sind, und er zerdrückt
Pappbecher
Wenn sie leer sind

Ich mag deine Turnschuhe, sagt er nach der Sitzung
Wenn es Zeit ist, sich unter die anderen zu mischen
Oder in einer Ecke ungeschickt an seinem Telefon herumzufummeln
Und niemandem zu schreiben
Hol mich hier raus

Ich habe heute gesprochen
Eine kleine Geschichte über meine Eltern erzählt, die vielleicht wahr ist
Irgendetwas über einen Geburtstag

Ich habe auf meine Schuhe geschaut

Rote High-Tops, voller Wörter, französische oder englische oder wahre
Ich habe sie mit Kuli draufgeschrieben zu einer Zeit, an die ich mich
nicht erinnere
John fragte mich immer, ob es Gedichte seien
Als ob Gedichte etwas wären, das ich in die Schranken weisen könnte

Als ob ich kontrollieren könnte, wo sie landen
Verbrannt, an einer Wand in deinem Zimmer, den Abfluss hinuntergespült
in grüner Filzstift-Schmiere

Nun bezwinge ich die Welt wie Steven seine Pappbecher
Ich glaube, heute ist
Mein Geburtstag

UNTEN AUF FINNS SCHUHEN

wenn ich den namen jake nur noch einmal höre, schreie ich

(wenn ich mir einrede, dass tyler ihn niemals wieder hört, sterbe ich)

wie erkläre ich steven, dass ich zwei menschen verloren habe

wo wird der anstand begraben
wo ist die hallmark-karte, die man an seine eltern schicken kann
und sagen
ich vermisse ihn auf die falsche art

wenn eltern nicht wirklich greifbar sind
warum es dann selbst sein

(ich brenne die fanwelt bis auf die grundmauern nieder)

FINN

Für dich:

Ich muss mal aus dem Haus. Ich ertrage es nicht, wenn du wie der Geist einer Fremden herumwandelst. Ich ertrage es nicht, dir zuzuhören, wie du in der Dusche weinst und dann pfeifst, während du dir die Haare machst, als ob nichts gewesen wäre. Ich kann nicht damit umgehen, wenn du so obenauf bist, außer, wenn das nicht der Fall ist und ich dir beim Umziehen helfen muss und du neben mir zusammensackst, zitterst und kein Wort sagst.

Und ich will nichts mehr von Steven hören. So viel steht fest.

Heute Morgen hast du gelächelt, und als ich dich nach dem Grund gefragt habe, hast du erwidert, dass du es nicht erwarten könnest, Steven etwas zu erzählen. Ich kann mich nicht daran erinnern, wann du das letzte Mal meinetwegen gelächelt hast.

»Er versteht mich«, sagst du, was ja klarmacht, dass ich es nicht tue.

Und vielleicht ist das ja auch berechtigt, denn alles, was wir sind, was immer es auch ist, hat seine Wurzeln im Fandasein, und du bist auf die Fanwelt stinksauer. Du loggst dich für fünf, zehn oder fünfzehn Minuten auf deinem Laptop ein, klickst dich durch Blogs, dann schlägst du den Deckel zu und bebst vor Wut. Ich habe versucht, dich davon abzuhalten, auf merkwürdige und passiv aggressive Art, indem ich beispielsweise einen Stapel Sachen auf deinen Computer gelegt und gehofft habe, dass du ihn vergisst, wenn er nicht offen herumsteht, aber das funktioniert nicht. Und vielleicht sollte ich froh darüber sein, dass du ein echtes Gefühl entwickelst. Aber irgendwie fühlt sich deine Wut auf die Fanwelt einfach wie eine Wut auf mich an.

»Aus dem Haus« bedeutet in diesem Fall Charlies Bar. Ich bin seit etwa einer Viertelstunde hier und natürlich kann er nicht gleich zu mir kommen. Er macht die kleinen Gesten, die zwischen uns von Bedeutung sind – an seinem Ohr zupfen, in seine Fingerknöchel beißen, dieser Kunde ist ein Arsch, ich bin froh, dass du hier bist.

Okay. Hier kommt er mit einem Bier, das ich mir nicht leisten kann. Wie gut, dass er so etwas umsonst ausschenken darf. Wir brauchen jeden verdammten Dollar, weil heute die Krankenhausrechnung gekommen ist. Ein verspätetes Geburtstagsgeschenk, schätze ich.

Trotz des Versicherungsanteils der Up-Below-Produzenten ist die Zuzahlung höher, als ich es je auf einer Rechnung gesehen habe. Sie wird unsere Ersparnisse restlos auffressen, und ich habe keine Ahnung, wo das Geld für dein Zyprexa im nächsten Monat herkommen soll.

Ich muss eine Arbeit finden.

Mal abgesehen davon, dass ich heute deine Schuhe im Müll gefunden habe, die, auf die du geschrieben hast. Sie waren so verdreht, dass die Sohlen gebrochen sind, als ob dir nicht mehr gefallen hätte, was du geschrieben hast, und du sie wie Papier zusammenknüllen wolltest. Und ich drehe schon voll durch, wenn ich dich nur für eine Stunde allein lasse, um mir ein Bier zu gönnen, das ich mir nicht leisten kann. Und wie, bitte, soll ich dich dann einen ganzen Tag allein lassen? Wie soll ich dich an einem schlechten Tag allein lassen?

Denn heute ist kein schlechter Tag. Heute ist ein Steven-Tag.

Steven, mit seinem ähnlichen Trauma, mit seiner Fähigkeit, zu dir eine Verbindung aufzubauen, Steven, der versteht. Steven, zu dem ich dich geschickt habe, weil ich nicht helfen konnte.

Und ich weiß, dass es bei der Therapiegruppe genau darum geht, und ich fühle mich schrecklich. Deshalb habe ich dich ja hingeschickt, oder? Wenn Steven dir helfen kann, dann sei er dir gegönnt. Ich möchte, dass es dir besser geht.

Nein. Ich wollte, dass du dorthin gehst, damit es dir so gut geht, dass du mit mir reden kannst. Du bist meine beste Freundin. Ich habe gedacht, ich wäre diejenige, die dich versteht.

Gott, wie selbstsüchtig. Ich bin der furchtbarste Mensch, den ich kenne.

Das war völlig überzogen. Ich bin nicht der furchtbarste Mensch, den ich kenne. Ich bin eifersüchtig, unsicher, und ich vermisse meine beste Freundin. Und ich habe dich schließlich auch jedes Mal so behandelt, wenn ich Charlie den Vorzug vor dir gegeben habe. Ich bin nicht furchtbar. Ich bin einfach nur traurig.

Warum kann Steven dir nicht helfen, das Trauma zu überwinden, und ich bin immer noch deine Ansprechpartnerin für ...

Ja, wofür eigentlich? Die Fanwelt? Du brauchst jetzt einen Traumapartner, und mich brauchst du nicht, außer um die Therapie und Medikamente zu bezahlen (und offensichtlich ein neues Paar Schuhe).

Es wird ohnehin keine Rolle mehr spielen, wenn uns nicht etwas einfällt, wie wir weiterhin das Geld für die Gruppentherapie auftreiben. Und trotz meiner verqueren, widersprüchlichen Gefühle möchte ich, dass du dort bleibst.

Charlie lächelt und gestikuliert, dass ich mein Bier trinken solle. Warum ist er nur so unglaublich umwerfend? Also, was soll's. Das Bier ist kalt und leicht und fühlt sich an, als würde ich mit den Herzen aller jonglieren.

Tja ...

Gott.

Ich hätte nicht weggehen sollen.

Ich bin vor einer Stunde heimgekommen. Du hast weinend inmitten kaputter Laptopteile gesessen und erfolglos versucht, ein Stück vom Gehäuse mit den Händen zu zerbrechen.

»Finn?«

»Ja?«

»Bin ich das gewesen?«

»Die den Laptop kaputt gemacht hat? Ja, Süße. Ist nicht so schlimm.«

»Nein ...«

»Ist schon gut, Eve.«

Du lässt zu, dass ich dich auf den Hocker im Bad setze, dir Gesicht und Hände wasche, den Zopf löse, die Haare bürste und dich fertig fürs Bett mache. Nun starrst du einfach an die Wand und behandelst mich wie Luft, was ich vermutlich auch sein könnte. Aber ich werde dich heute Nacht nicht allein lassen.

Charlie ist vor zehn Minuten heimgekommen und hat seinen Kopf hier hereingestreckt, aber ich habe ihn weggeschickt. Heute Nacht gibt es nur dich und mich. Er hat uns beiden einen Kuss gegeben, bevor er gegangen ist, und ein braunes Ledernotizbuch mit einer Katze darauf zurückgelassen.

Das ist viel schöner als meins, und ich bin neidisch (mal zur Abwechslung, ha), aber Charlie hat gesagt, es ist für dich.

Vielleicht müssen wir dir doch keine neuen Schuhe kaufen.

ⓧ

GENA

In Charlies Notizbuch

Meine Lieblings-Fanfics waren die, in denen du frorst
Die hätte ich hundertmal lesen können
Jede einzelne
Hundertmal

Manche von ihnen las ich wieder und wieder
Schlecht geschrieben, abgedroschene Klischees,
dieselbe Bildsprache jedes Mal
Es waren die Bilder, die mir gefielen
Es war dein Zittern, das mir gefiel

In denen, wo du frorst, hielt Tyler immer seine Jacke bereit
Um dich einzuwickeln
In ihnen hattest du ziemlich erfrorene Finger
Angst in den Augen
Manchmal war dein Haar nass
Manchmal hattest du Fieber, wirklich hohes
Aber warst kalt bis auf die Knochen
Und keiner konnte dich wärmen
Doch Tyler hat es immer versucht
Das waren meine Lieblingsgeschichten

Das heißt nicht, dass es keine Zeiten gab
In denen ich dich in Brand steckte

Ich sah es
So ist es
Ich sah Rauch von dem Licht aufsteigen
Und ich dachte bei mir
Okayokayokay

Man riecht nicht die verbrannte Haut von Schaufensterpuppen
Von künstlichen Realitätsmaschinen in L.A.
Man hört nicht, wie etwas zu brennen und zischen beginnt
Man sieht nicht Rauch von einem Licht aufsteigen
Ich hätte den Feueralarm auslösen können

Einer Dichterin
Sollte Ironie gefallen

Sie hat weniger Bedeutung, als das, worüber ich schrieb
Dein Zittern ist größer als mein flacher Atem
Und wie du bei lebendigem Leib verbrennst

Ich kratze Gefühle aus deinem Grab

Mache mit einem Fernsehbildschirm herum

Ich bevorzuge Illusionen
Ich bevorzuge Poesie

Mit schönen Zeilenumbrüchen

Und einem guten Rhythmus

Nur wache ich mitten in der Nacht auf
Mit unsichtbaren Händen an der Kehle, unsichtbarem Rauch in der Lunge
Und zittere nicht

Und warte darauf
Dass einem Teil von mir
Das gefällt

⊗

In Charlies Notizbuch

Nach der Gruppe
Liegen Steven und ich im Gras vor dem Gemeinschaftszentrum
Und warten, dass Finn mich abholt

Er berührt meine Nase mit dem Stiel einer Pusteblume

Was war das noch mal für eine Serie?, fragt er

Ich sage es ihm

Oder ich sage ihm den Namen

Ich schaue nicht so viel Fernsehen, sagt er, nicht
Als würde er mich verurteilen, nicht
Als wäre es wirklich von Bedeutung, einfach
Als nutzloser Fakt über ihn
Eine Haarfarbe, die er nicht hat
Etwas, worüber er nicht nachdenkt
Eine Person, die er nicht kennt

»Das Fernsehen hat mich großgezogen«, sage ich und erzähle ihm, dass ich
Alles über Sex von Boy Meets World
Alles über Drogen von Degrassi
Alles über Familie von Man of the House weiß

Er hat von keiner gehört

Hundert Stimmen in meinem Kopf
Und hier ist ein Junge, der keine von ihnen gehört hat

Ich gehe heim und küsse Finns Schulter und tue so, als wäre es ihr gesamter Körper

⊗

GENA/CHARLIE

Hi, Gena. Du hast das in der Küche vergessen, und ich habe gedacht, du brauchst es vielleicht. Ich spiele Halo, falls du etwas brauchst.

Charlie

Ich bin hier, aber du nicht. UnsichtbarerHalo! Gena

Ich habe den Müll rausgebracht!!
Die Frage ist, wo, zum Geier, DU warst.
Nun. Scheint wie eine gute Gelegenheit für eine Schnitzeljagd.
Mal sehen, wie schnell du das findest.

gena war auf der feuertreppe
die frage ist
WO ICH BIN
notizbuch

Notizbuch,
bist du ein fühlendes Wesen? Du musst so viele Geheimnisse kennen. Erzähl mir alles.
Charlie

kennen meine seiten geheimnisse?
kann das wohl sein?
wenn du mein versteck findest,
ist der nächste hinweis dein
notizbuch

Ich habe dich in meinem Fernsehschrank gefunden, nachdem ich eine geschlagene Stunde nach dir gesucht habe.

aber die frage ist,
das ist sonnenklar,
hast du bemerkt,
was unter mir war?

Äh, was?

um die suche
zu erleichtern dir,
ist ein hinweis versteckt
unter der quietschenden tür

Das ist ein Bild vom Set von Man of the House.
Es muss an dem Tag gewesen sein, als ihr die Thanksgiving-Szene gedreht habt.
Ich kann mich an deinen hässlichen Pullover erinnern.
Hast du deshalb geweint?

das stimmt!
ich wusste nicht, dass du die serie verfolgt hast.

Zack war in meinem Alter und es war eine Familienserie.
Wir haben sie immer an freien Tagen geschaut.
Meine Mom fand dich süß.

meine mom hat gesagt, ich hätte zu große augen, wie ein käfer.
sie nennen mich immer noch so.

Wenn du ein Käfer bist, dann ein Bärtierchen.
Die sind supertaff und können in einem Vakuum überleben (das habe ich gerade gegoogelt).

ich habe auch schon
über das leben im vakuum nachgedacht.
so habe ich früher gelebt.
zusammengeschrumpft und vakuumverpackt.
überall verstaubar.

Warum schreibst du Gedichte auf deine Schuhe?
Im Nachhinein ist es blöd, zu glauben, du hättest es nur getan, weil keiner dir ein Notizbuch besorgt hat.

damit ich, wenn leute sie lesen wollen und ich das nicht will,
ihnen ins gesicht treten kann.

gott. heute ist ein schlechter tag.

Ich mache dir Makkaroni mit Käse und Schinken zum Abendessen. Wenn du den Schinken nicht magst, kannst du ihn ja immer noch herausfischen, was ein ziemliches Unterfangen ist.

Ich mache das auch so.

die wahrheit ist,
wir waren freunde, als wir klein waren, weil wir viel zusammen waren.
wir waren freunde, weil man uns gesagt hat, dass wir freunde sein sollen.

praktischerweise habe ich ihn gemocht, und ich glaube, er mich auch.

aber wir haben zehn jahre lang nichts voneinander gehört.
wir haben uns ein paar nette e-mails geschrieben, bevor er gestorben ist.
und ich habe ihm gesagt, dass ich in deine freundin verliebt bin.

die wahrheit ist,
ich habe ihn gar nicht so gut gekannt,
und zwischendrin hatte ich ja auch noch jake.

wie soll man KEIN fangirl sein? wie macht man das?
wie liebt man nur einen menschen?
wie entscheidet man sich für einen realen menschen, wie alle anderen?

Das tut man nicht.

Die Wahrheit ist, dass dein Herz stärker und größer ist, als du denkst.

Die Wahrheit ist, jemanden zu lieben, ist kein Punkt, sondern ein Semikolon.
Und die Entscheidung, die du triffst, ist, was auf der anderen Seite kommt.

Vielleicht sind es ein Gartenzaun, ein Subaru und zweieinhalb Kinder.

Vielleicht ist es eine Fantasiewelt, die nur auf deinem Computer existiert.
Vielleicht ist es eine Gilde.
Vielleicht ist es eine Fanwelt.
Vielleicht ist es das, womit du am wenigsten gerechnet hast.

Jemanden zu lieben, hat die Bedeutung, die du ihm gibst.
Das ist die eigentliche Entscheidung.

ich hab dich lieb, charlie

wirst du dir den staffelauftakt mit uns anschauen?

Wenn ich darf.

Das würde ich gern.

Der Therapeut sagt,
wir haben uns nicht ausgesucht, was uns zugestoßen ist,

wir haben uns nicht ausgesucht, ob es uns immer noch verletzt,
aber wir können uns aussuchen, ob wir es in einen Satz über uns einbauen.

Also, hier ist mein Satz.

Ich liebe dich, Zack,
und scheiß auf den ganzen Rest.

FINN

Von: Joan Bartlett <joanbartlett4472@gmail.com>
An: Finn Bartlett <finn.a.bartlett@gmail.com>
Datum: Montag, 3. November 10:14
Betreff: Stadtbummel mit den Mädels!

> Liebe Stephanie,
>
> Angie und Lydia waren am letzten Wochenende hier. Wir sind gemeinsam einkaufen gegangen. Ich habe ein Bild angehängt, auf dem beide ihre neuen Sommerkleider hochhalten. Wir haben dich alle vermisst und uns gewünscht, dass du dabei gewesen wärst. Sehen wir dich bald mal wieder?
>
> Ich habe von meinem Abo-Service ein Blumensamenpäckchen in der Post gehabt. Sonnenblumen. Ich denke darüber nach, sie auf einem kleinen Beet im Garten hinter dem Haus anzupflanzen, aber Sonnenblumen sind irgendwie zu protzig, oder? Was denkst du darüber? Wäre das zu auffällig? Glaubst du, die Nachbarn würden sich darüber beschweren?
>
> Ich habe lange nichts mehr von dir gehört. Ich hoffe, alles ist gut bei euch.
>
> Ganz liebe Grüße,
> Mom

Von: Finn Bartlett <finn.a.bartlett@gmail.com>
An: Joan Bartlett <joanbartlett4472@gmail.com>
Datum: *Keines. Gespeichert in Entwürfe.*
Betreff: Re: Stadtbummel mit den Mädels!

> Alles super! Das Bild ist toll! Ihr scheint ja wirklich viel Spaß

Von: Finn Bartlett <finn.a.bartlett@gmail.com>
An: Joan Bartlett <joanbartlett4472@gmail.com>
Datum: *Keines. Gespeichert in Entwürfe.*
Betreff: Re: Stadtbummel mit den Mädels!

> Ich wäre gern dabei gewesen! Lydias Kleid ist umwerfend. Angies ist zu orange für sie. Vielleicht können wir

Von: Finn Bartlett <finn.a.bartlett@gmail.com>
An: Joan Bartlett <joanbartlett4472@gmail.com>
Datum: Montag, 3. November 14:39
Betreff: Re: Stadtbummel mit den Mädels!

> Hi Mom,
>
> freut mich, dass Ang, Lyd und du eine schöne Zeit miteinander verbracht haben. Die beiden sehen toll aus auf dem Foto.
>
> Nein, Sonnenblumen sind nicht zu protzig. Ich denke, das würde hübsch aussehen. Und wenn es die Nachbarn stört, können sie ja spazieren gehen. Es ist dein Garten.
>
> Um ehrlich zu sein, laufen die Dinge hier nicht so gut, und das schon seit einer Weile.

Von: Joan Bartlett <joanbartlett4472@gmail.com>
An: Finn Bartlett <finn.a.bartlett@gmail.com>
CC: Paul Bartlett <gohawkeyesfan@gmail.com>
Datum: Montag, 3. November 16:57
Betreff: Re: Stadtbummel mit den Mädels!

> Was ist los? Ist es wegen Charlie? Habt ihr Probleme miteinander? Ist es wegen der Arbeit? Kann ich dir irgendwie helfen? Du weißt, dass ich immer für dich da bin, Stephanie. Du kannst immer auf unsere Hilfe zählen.
>
> Ganz liebe Grüße,
> Mom & Dad

Von: Finn Bartlett <finn.a.bartlett@gmail.com>
An: Joan Bartlett <joanbartlett4472@gmail.com>
CC: Paul Bartlett <gohawkeyesfan@gmail.com>
Datum: Montag, 3. November 15:16
Betreff: Dies und das

> Danke, ihr beiden.
>
> Mit Charlie ist alles in Ordnung. Wir hatten eine Krise, aber ich glaube, jetzt ist alles wieder klar zwischen uns. Eine Weile lief es schlecht, aber Charlie ist der Richtige. Um ehrlich zu sein, glaube ich – und bitte, bitte, ruft jetzt nicht gleich wieder alle an und sagt es weiter, besonders nicht Angie und Lyd, denn sie werden sich sofort einmischen –, dass wir vielleicht tatsächlich heiraten.

Nicht, dass er gefragt hätte. Nicht, dass ich Ja gesagt hätte. Aber ich denke, wenn er es täte, würde ich Ja sagen. Ich habe einfach das Gefühl, dass er mich so gut wie kein anderer kennt und mich trotzdem liebt und dass ich ihn nach fast vier Jahren auch noch liebe und … wisst ihr was? Das war bei mir noch nie so. Ist das so, wie es sein muss?

Egal, das ist Zukunftsmusik. Momentan bin ich zufrieden mit unserer derzeitigen Situation.

Die Arbeit … na ja, ich habe meine Stelle verloren. Es tut mir leid, dass ich euch das nicht früher gesagt habe. Es tut mir leid, dass ich es nicht fertigbringe, eine Anstellung zu behalten. Es tut mir leid, dass ich euch enttäuscht habe. Ich bin pleite, schäme mich und fühle mich schrecklich. So sehr ich mir auch wünsche, hier bei Charlie bleiben zu können, kann ich mir das vielleicht nicht mehr viel länger leisten.

Die Wahrheit ist, dass meine beste Freundin einen schlimmen Unfall hatte, und nun leidet sie an einer posttraumatischen Belastungsstörung und hat kein Geld, um ihre Medikamente zu bezahlen. Sie wohnt in unserem Gästezimmer, und ich bezahle ihre Gruppentherapie, weil ich mir keine Einzeltherapie leisten kann. Auf meinem Konto herrscht Ebbe. Ihre Tante hat mir zwar Geld für die Medikamente geschickt, aber ich glaube nicht, dass Eve ihr erzählt hat, wie viel die wirklich kosten, und mir ist es unangenehm, diese Frau um Geld zu bitten. Und ich könnte damit ja ohnehin nicht meine Rechnungen bezahlen.

Wir sitzen also ziemlich in der Klemme.

Von: Joan Bartlett <joanbartlett4472@gmail.com>
An: Finn Bartlett <finn.a.bartlett@gmail.com>
CC: Paul Bartlett <gohawkeyesfan@gmail.com>
Datum: Montag, 3. November 17:44
Betreff: Re: Dies und das

Oh, Liebling.

Du hättest uns sagen sollen, dass du in Schwierigkeiten steckst. Natürlich sind wir nicht enttäuscht.

Du gibst nicht auf, wie immer. Wir sind so stolz auf dich, Stephanie. Einer Freundin in Not zu helfen – so bist du schon immer gewesen, auch als du noch klein warst. Kennen wir diese Freundin? Sie kann sich glücklich schätzen, dass sie dich um sich hat.

Wir haben ein paar Ersparnisse, die für dich vorgesehen sind, weil du ein Stipendium bekommen hast und deine Schwestern nicht. Würde dir das ein bisschen Luft verschaffen, bis du einen neuen Job findest?

Liebe Grüße,
Mom & Dad

Von: Finn Bartlett <finn.a.bartlett@gmail.com>
An: Joan Bartlett <joanbartlett4472@gmail.com>
CC: Paul Bartlett <gohawkeyesfan@gmail.com>
Datum: *Keines. Gespeichert in Entwürfe.*
Betreff: Re: Dies und das

Nein, das kann ich nicht

Von: Finn Bartlett <finn.a.bartlett@gmail.com>
An: Joan Bartlett <joanbartlett4472@gmail.com>
CC: Paul Bartlett <gohawkeyesfan@gmail.com>
Datum: Montag, 3. November 16:01
Betreff: Danke

Ich weiß nicht, was ich sagen soll.
Vielen lieben Dank.
Danke, dass ihr an mich glaubt.
Ich liebe euch beide.

GENA

In Charlies Notizbuch, jetzt in Genas Besitz

Was Steven sagte

unser gruppentherapeut sagt
ausbrechen zu wollen, sei kein lebensentwurf

er sagt
wir sollten uns darin ausstrecken
es gebe so viel platz
es gebe hier so viel für uns zu holen
wir sollten aufhören, uns bei unseren ausbruchversuchen
zu verletzen
einfach
ausstrecken

steven glaubt, er spiele auf psychische krankheiten an
ich glaube, er meint unsere vergangenheit
ich glaube, er meint unsere familie

wir liegen wieder im gras, er und ich
und er kitzelt meine fußsohle mit einem grashalm
weil ich keine schuhe trage

ich sage ihm, dass es mir so vorkomme, als würde ich ihn
belügen
und er schaut auf

»warum?«

»weil ich dir nicht alles erzählt habe«, sage ich.

er schiebt sich über mich, stützt seine ellbogen links
und rechts von meinen rippen auf, ganz atem und haut
und freund

»ich habe dir auch nicht alles erzählt«, sagt er

und ich stelle fest

dass ich es ihm nicht sagen möchte

nicht, weil ich nicht möchte, dass er es weiß
nicht, damit ich weiterhin weglaufen kann
nicht, weil ich glaube, dass er es nicht vertragen würde

sondern, weil ich müde bin
sondern, weil es so lange dauern würde
sondern, weil ich wohl beginne, einzelheiten zu vergessen
und vielleicht ist das auch gut so

weil ich mit einem netten jungen im gras liege
der nicht alles sein muss

ich strecke mich aus

SMS-Chat mit John C.

hi. hier ist genevieve von einer fremden nummer.

5. Nov., 17:16

süße.

In Genas Notizbuch

Was Finn gesagt hat

der staffelauftakt ist in drei tagen
wir essen popcorn
um zu üben

»willst du kinder?«, frage ich

sie wirft ein stück in die luft

fängt es zwischen den zähnen
wie eine expertin

das mädchen kann alles vollbringen

»nee«, sagt sie

»ich habe ein kind«, sagt sie

sie legt mir die hand auf den kopf, zieht mich an sich heran

»du bist das beste kind der welt,
und wir haben dich dazu gemacht«

⊗

Was Gena sagt

ich dachte, der brand würde für immer
das jetzt vom früher trennen
ich dachte, er sei ein zeilenumbruch
wie eine neue strophe
und es gebe kein zurück

ich dachte, das leid würde sich in der mitte einfügen
und nie wieder weichen

ich weiß es jetzt besser
strophen sind für drückeberger
satzzeichen für mutige
wenn liebe ein semikolon ist, dann ist das leid ein komma
es steht nie allein
aber es verschafft dir eine atempause
ein

⊗

FINN

Für dich:

Du fragst dich bestimmt, warum ich dir das alles erzähle.

Du warst ja die meiste Zeit dabei. Ich kann dir nicht viel erzählen, was du nicht schon weißt.

Der Auftakt der vierten Staffel wurde am Montag ausgestrahlt. Ich wünschte, das wäre nicht so. Ich wünschte, sie hätten es auf Mittwoch oder Freitag oder neun Uhr am Sonntagmorgen gelegt. Die Montagabende waren Jake vorbehalten. Das ist jetzt eine andere Serie, und meine Verbundenheit zu ihr (und die gibt es, das kann ich nicht leugnen) ist ein unverdientes Überbleibsel. Tyler geht es gut, aber wer ist er jetzt?

Am Abend der Premiere waren du und Charlie hibbelig und albern, und es hat mich überrascht, dass ihr beide so aufgeregt wegen der Serie wart. »Was ist hier los?«

»Überraschungsgeschenk!«, hast du geantwortet, und Charlie hat dir einen Blick zugeworfen, als ob du Weihnachten verdorben hättest.

»Was? Ich habe doch gar nicht Geburtstag.«

»Es ist auch nicht wirklich ein Geschenk.« Charlie hat mir ein in Zeitungspapier eingeschlagenes Päckchen gereicht. »Es gehört dir ja schon.«

»Mein Skizzenbuch!« Ich habe es sofort an Größe und Gewicht erkannt. »Wo hast du das her?«

»Ich hatte es doch, weißt du nicht mehr?« Du bist förmlich auf- und niedergehüpft. »Du hast es in meinem Wohnheim vergessen. Du hast gesagt, ich kann es behalten. Als ob ich das je getan hätte.«

»Keine Angst«, hat Charlie grinsend gesagt. »Ich habe es mir nicht angesehen.«

»Aber ich«, hast du ihm verkündet.

»Fangirl-Kram«, hat er wissend gesagt, und nicht, als wäre es etwas Schlechtes. Sondern, als wäre es etwas zwischen uns, zwischen dir und mir.

Also habe ich es jetzt zurück, und das ist so eine Erleichterung, und du fragst dich bestimmt, warum ich immer noch alles in dieses blöde, überteuerte, reizlose Notizbuch aus der Geschenkboutique schreibe.

Wir haben am Tisch Abendbrot gegessen (Lasagne, Charlie hat gekocht), als wäre es ein besonderer Anlass, und danach sind wir feierlich ins Wohnzimmer geschritten. Charlie hat es sich in seinem La-Z-Boy-Fernsehsessel mit dem Laptop auf dem Schoß gemütlich gemacht, so wie er immer Up Below schaut. Er verfolgt die Sendung nicht wirklich aufmerksam. Es ist ja nicht seine Serie. Er sieht sich die Verfolgungsjagden und Kampfszenen an, und ab und zu ein Stück Handlung. Er mag Evanson.

Du hast seine Kapuzenjacke und meine Yogahosen getragen, denn deine Sachen sind immer noch nicht aus Oakmoor eingetroffen. (Ich weiß nicht, wer dafür zuständig war, deine Sachen einzupacken und zu uns zu schicken, aber man sollte ihn entlassen.) Du hattest einen Schokoriegel, den du nicht angerührt hast. Das nehme ich dir nicht wirklich übel. Ich war auch zu nervös für mein Abendessen.

Meiner Meinung nach hätten sie nicht so einen Wirbel um den Staffelauftakt machen sollen, aber ehrlich gesagt, fällt mir kein Grund ein, warum sie es nicht hätten tun sollen.

Ich habe es kommen sehen. Wir alle. Tyler ist aus einer einstürzenden Höhle gekrochen, ohne sich zu vergewissern, ob Jake hinter ihm ist, was seinem Charakter so ganz und gar nicht entspricht, dass ich unwillkürlich kichern musste. Ich habe mir die Hand vor den Mund geschlagen und erst dich, dann Charlie angesehen. Aber Charlie hat bloß die Augen verdreht, und du hast den Mund kurz spöttisch verzogen, um mir zu zeigen, dass du nicht böse bist.

Dann wurde eine alte Aufnahme von Jake eingespielt, wie er nach oben blickt – das hätte jeder Fan erkannt, selbst Charlie –, das Poltern eines fallenden Felsblocks, dann ein Moment der Stille, und das war's.

Das Schlimmste war, als Tyler geschrien hat.

Das kam auch aus der Dose. Ich kannte es schon aus der ersten Staffel. Ich bin froh, dass sie das nicht von Toby abverlangt haben.

Die übrige Folge hat sich größtenteils um Evanson gedreht, was heißt, dass sie ziemlich langweilig war, es sei denn, man interessiert sich tatsächlich für Handlung und Beziehungen. Nach der Hälfte habe ich mein Skizzenbuch hervorgeholt und etwas gezeichnet, das vermutlich Jake darstellen wird, wenn es fertig ist. Ich kann nicht anders. Ich vermisse ihn. Charlie hat den Fernseher ignoriert und du hast kurzen Prozess mit der Schokolade gemacht.

»Soll ich ausschalten?«. Ich habe mich suchend nach der Fernbedienung umgesehen.

»Nee«, hast du mit vollem Mund geantwortet. »Wir können es ebenso gut bis zum Ende anschauen.«

Es endet natürlich mit Tyler (der für mich jetzt Toby ist), wie er schwört, Jakes Tod zu rächen. Das ist wohl wirklich nett von ihm. Wir wissen alle, dass die Welt dadurch nicht wieder in Ordnung kommt. Evanson hat sich als einer von den Guten herausgestellt, vermutlich (schaltet nächste Woche wieder ein!), und am Ende des Abspanns wurde kurz Janet Learmen, Marian Little und Zack Martocchio gedacht.

Das hat in mir überhaupt keine Gefühle hervorgerufen.

Du fragst dich wahrscheinlich, warum ich dir das alles erzähle, denn du hast die Folge ja auch gesehen, und ich glaube, auch dich hat sie nicht berührt. Danach hast du mich angesehen, die Schultern gezuckt und gesagt, »das war dann das«, und bist duschen gegangen. Ich habe gerade nach dir gesehen, und du hast schon geschlafen, du hast dich um Charlies Laptop gewickelt, auf dem dein Blog geöffnet ist. Du hast etwas geschrieben. Ich habe den Laptop liegen gelassen, falls du weiterschreiben willst, wenn du aufwachst.

Ich erzähle dir das alles, Eve, weil Geschichten sich im Gedächtnis und beim Wiedererzählen verändern, und weil man sie schreibt und überschreibt, bis sie so sind, wie man es gern hätte. Aber ich möchte, dass du dich an diese Geschichte so erinnerst, wie sie passiert ist. Ich möchte, dass du dich an die Menschen erinnerst, die wir jetzt sind, an die Zeit, als ich für dich da war, und an die Zeit, als ich dich im Stich gelassen habe. Ich möchte, dass du mich in meiner Schwäche liebst, so wie ich dich in deiner Verrücktheit geliebt habe. Und wenn es uns beiden wieder gut geht, werden wir uns daran erinnern, dass es so war.

GENA

_EvenIfs Blog

Ich schaue jede Menge *Up Below* und schreibe viel Fanfic und drücke regelmäßig Heroin. Eins davon stimmt nicht. Ich kann einen krassen französischen Zopf.

7. NOV Dann mal los.

Titel: Hier. Du. Ich.

Autorin: _EvenIf

Wörter: 274

Zusammenfassung: Post-4x01.

Paarbildung: Keine.

Disclaimer: Ich habe keine Rechte an den Handlungsfiguren.

Anmerkung der Autorin: Ich habe ein langes Intro geschrieben und dann gelöscht ... also hier ist, was ich zu sagen habe. Ich hoffe, es gefällt euch.

Wenn man Tyler gefragt hätte, was ihm am meisten fehlen würde, wenn er Jake jemals verlieren sollte, hätte er nicht so recht gewusst, was er darauf antworten soll. Sein Lachen. Den Müll, den er überall in Tys Auto liegen lässt. Der schreckliche Gesang. Wenn man ihn ein wenig mehr bedrängt hätte, hätte er widerwillig etwas Sentimentales geantwortet: die misslungenen Kuchen, die Jake ihm zum Geburtstag backen wollte, den Duft seines Shampoos, den er in der Dusche hinterlassen hat. Und das blöde Lachen, noch einmal.

Dieses Lachen wird er nie vergessen, aber er hätte nie geglaubt, dass die Sehnsucht nach Jakes scheißlauten Atemgeräuschen beim Schlafen das ist, was ihm wirklich zu schaffen macht.

Denn Evanson ist jetzt weg, und nun bleiben nur die Dunkelheit, diese kratzige, fremde Matratze und *sonst nichts*, und schön, SCHÖN, wenn es nun seine Aufgabe ist, diese Stille auszufüllen, dann wird er, zum Kuckuck noch mal, eben weinen, okay?

Es ist die Vertrautheit, die Kindheit, die Sicherheit, der Bruder.

Und mit Jake ist auch ein Teil von ihm gestorben, und was er wissen will, was er in diesem beschissenen Moment einfach nur wissen will, ist, *wie viel von ihm*. Denn hätte man ihn früher danach gefragt, wie es ihm gehe, wenn Jake sterben würde, hätte er gesagt,
ICH WÜRDE STERBEN, UND DAHER WÄRE KEIN BESCHISSENER KRÜMEL MEHR ÜBRIG VON MIR –

aber hier ist er.

Und er wartet einfach nur auf den Morgen, damit er sich aufrichten und bei Tageslicht betrachten und feststellen kann, was noch von ihm übrig ist.

»Ich kann nicht weitermachen«, sagt er und übertönt die Stille für einen Moment.

Er atmet unvermittelt ein und dann macht er weiter.

Genny Goldman

Und weil ich euch Bilder versprochen habe:

Ich drehe mit Jake eine Szene, zwei Tage vor dem Unfall:

<up_below251.jpg>

Zack und ich bei Man of the House während einer Pause, wie wir Trinkpäckchen leeren (wir mussten üben, wie man das GERÄUSCHLOS macht, damit wir niemanden bei den Aufnahmen stören):

<juiceday.jpg>

Und eine SUPERTOLLE Fan-Zeichnung von gestern Abend von meiner allerbesten Freundin:

15 Kommentare

Kommentar schreiben

DanniRice

Gottttt, so toll. Das habe ich gebraucht, danke. Ich hoffe, so was in der Art sehen wir nächste Woche ... Ty muss einen Zusammenbruch haben, oder?

SwingLowMySweet

Süße, wie geht's dir?

_EvenIf

Ganz gut. Tut mir leid, dass ich euch so lange hängen lassen habe.

SwingLowMySweet

Ach, hör auf. Sag mir, wenn du reden willst, okay? Hab dich lieb.

_EvenIf

Hab dich auch lieb.

Tumbledown

Mann, mir kommen die Tränen. Ich bin so froh, dass es dir gut geht.

_EvenIf
ich auch.

MioMy
meine güte.

slotohes
Wir haben uns SOLCHE Sorgen um dich gemacht, Gena!! SCHÖN, von dir zu hören.

_EvenIf
schön, wieder dabei zu sein, danke.

finnblueline
du.

_EvenIf
du.

Tylergirl93
wirklich hübsch, aber solltest du nicht über zack, anstatt über jake schreiben?

_EvenIf
lol

finnblueline
lol

Zoe Sugg alias Zoella

Girl Online

448 Seiten, ISBN 978-3-570-40332-7

Unter dem Namen Girl Online schreibt die 15-jährige Penny einen Blog, dessen Fangemeinde immer größer wird. Über Jungs, über ihre verrückte Familie – und über die Panikattacken, die sie seit einiger Zeit immer wieder bekommt. Im wirklichen Leben hat Penny dagegen nur megapeinliche Auftritte. Da kommt die New-York-Reise ihrer Eltern gerade recht. Penny darf mit und trifft den hinreißenden Noah, in den sie sich sofort verliebt. Die beiden verbringen Weihnachten und ein unvergessliches Silvester zusammen. Doch erst als sie wieder nach Hause kommt, erfährt Penny, dass Noah ihr nicht alles erzählt hat ...

Franziska Fischer

Himmelhoch – Alles neu für Amelie

ca. 320 Seiten, ISBN 978-3-570-31050-2

Amelie braucht das Rauschen der Ostsee-Brandung und den Wind in ihren Haaren. Der Umzug in den kleinen Küstenort hat ihr gut getan – langsam vergisst sie, was in Berlin war. Sie genießt den Sommer auf dem Pferdehof mit Isabella, die Gespräche mit Isas Bruder Linus, dem sie Tipps für sein erstes Date gibt, und die Vespa-Ausflüge mit ihrem besten Kumpel Salim. Es geht doch nichts über beste Freunde. Und dann ist da auch noch diese Party, auf der sie den süßen Musiker Brar kennenlernt …

30304

www.cbt-buecher.de